本所おけら長屋(十九)

畠山健二

PHP
文芸文庫

○本表紙デザイン＋ロゴ＝川上成夫

本所おけら長屋(十九)　目次

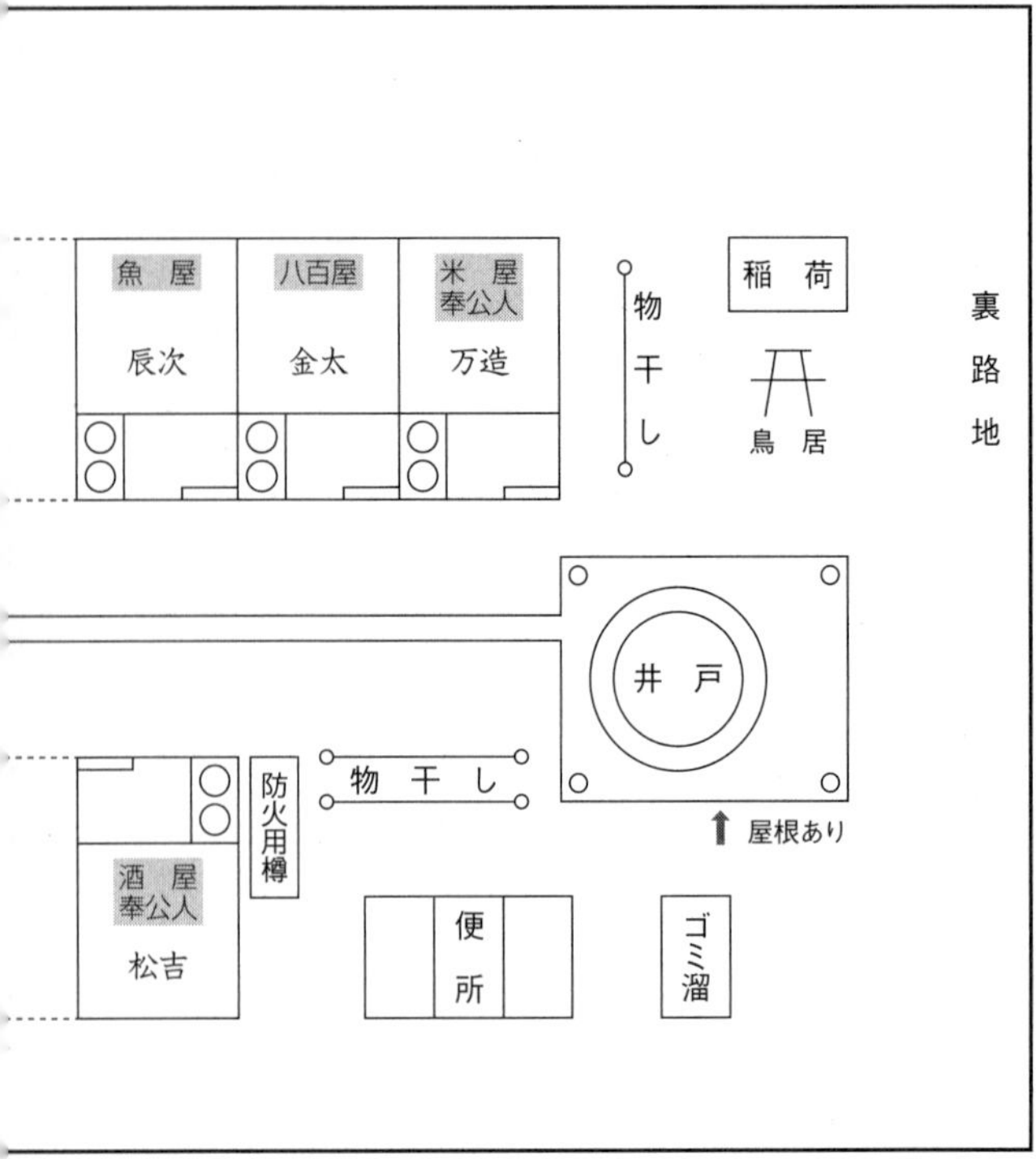

裏路地
稲荷
鳥居
物干し
米屋奉公人
万造
八百屋
金太
魚屋
辰次
井戸
屋根あり
物干し
防火用樽
酒屋奉公人
松吉
便所
ゴミ溜

本所おけら長屋の見取り図と住人たち

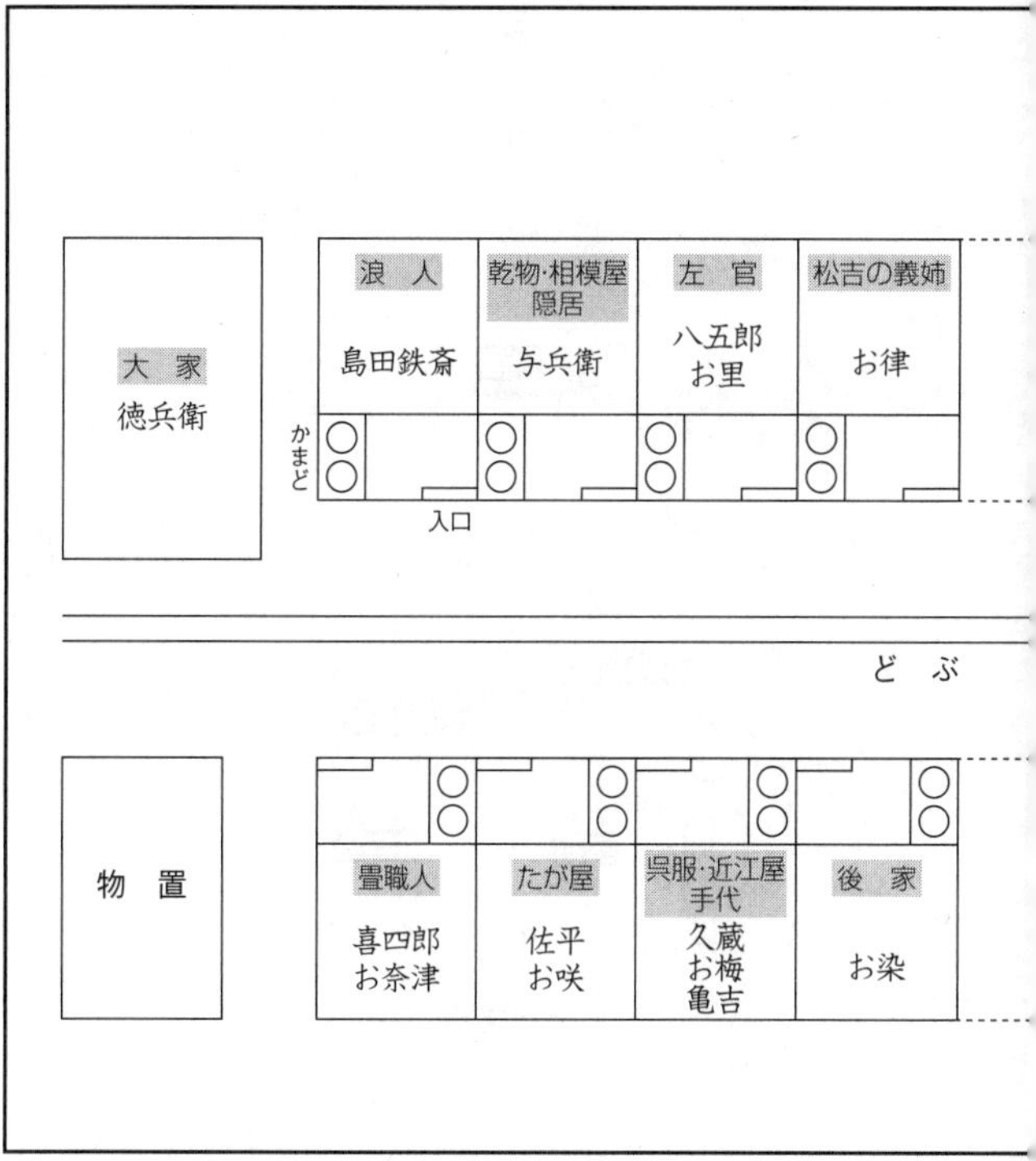

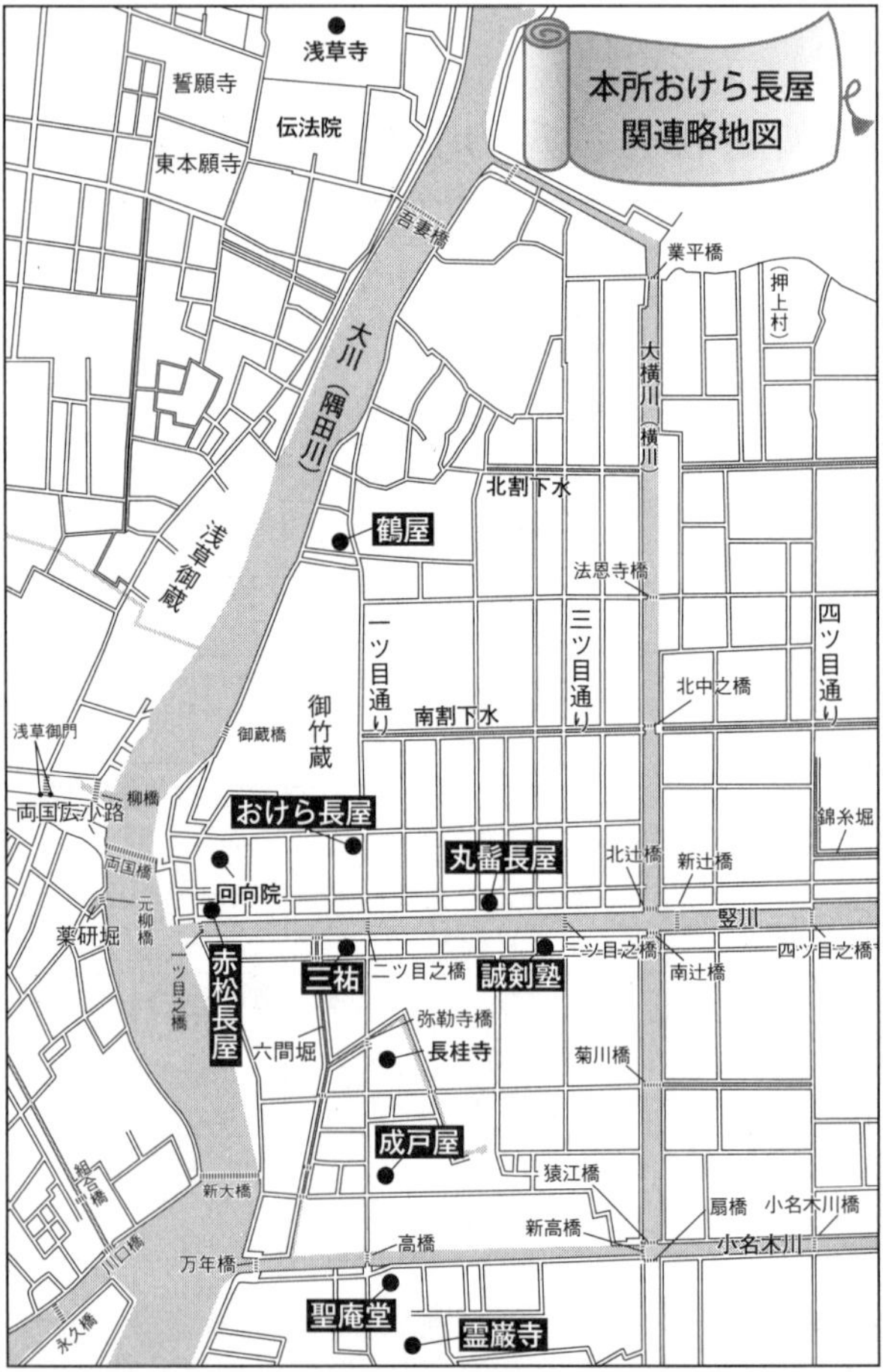
本所おけら長屋
関連略地図
浅草寺
誓願寺
伝法院
東本願寺
吾妻橋
業平橋
（押上村）
大川（隅田川）
大横川
（横川）
北割下水
浅草御蔵
鶴屋
法恩寺橋
一ツ目通り
三ツ目通り
四ツ目通り
北中之橋
御竹蔵
南割下水
浅草御門
御蔵橋
柳橋
両国広小路
おけら長屋
丸髷長屋
錦糸堀
北辻橋
新辻橋
両国橋
回向院
元柳橋
竪川
薬研堀
一ツ目之橋
赤松長屋
三祐
二ツ目之橋
誠剣塾
三ツ目之橋
南辻橋
四ツ目之橋
弥勒寺橋
六間堀
長桂寺
菊川橋
成戸屋
猿江橋
組合橋
新大橋
扇橋
小名木川橋
新高橋
高橋
小名木川
川口橋
万年橋
聖庵堂
霊巌寺
永久橋

本所おけら長屋（十九）　その壱

ほろにが

一

お静《しず》は江戸《えど》で一、二を争う絹問屋《きぬどんや》、志摩屋《しまや》の箱入り娘だ。中途半端な箱入り娘ではない。名代《なだい》の……、いや、名代などという生易《なまやさ》しいものではない。天下無双《てんかむそう》の箱入り娘だ。純粋無垢《むく》と言ってしまえばそれまでだが、手っ取り早く言えば世《せ》間知《けん》らずなお嬢様。お静の行くところでは必ず騒動が起きる。お静に悪気がないだけに始末が悪いのだ。

お静が十五歳のとき、花嫁修業のため、おけら長屋に住む左官《さかん》の八五郎《はちごろう》の女《にょう》房《ぼう》、お里《さと》が奉公《ほうこう》する絹問屋、成戸屋《なるとや》でお静を預かることになった。成戸屋の主《あるじ》、成吾郎《せいごろう》は志摩屋に丁稚《でっち》で入り、暖簾《のれん》分けを許された身である。その本家筋《ほんけすじ》のお嬢様を預かることになった成戸屋では、主の成吾郎はもちろんのこと、番頭《ばんとう》、手《て》代《だい》、丁稚、女中《じょちゅう》、出入りの者は頭痛・腹痛・吐き気・目眩《めまい》をうったえ、何かを察したのか、犬、猫、ねずみは姿を消した。志摩屋の主、久太郎《きゆうたろう》が溺愛《できあい》しているお静にもしものことがあれば、取り返しのつかないことになるからだ。

成戸屋にやってきたお静は、その力を存分に発揮する。大根をおろしてほしいと頼まれれば、台の上の大根を床《ゆか》に下ろし始める。

「お、お嬢様。おろすというのは、おろし金《がね》で摺《す》りおろすことなんですよ。そ、それでは、こっちの大根を千六本《せんろつぽん》に切ってもらいましょうか。千六本の意味はおわかりになりますか」

「もちろんです。千六本ですね」

しばらくして様子を見に行くと……。

「八百五十六、八百五十七、八百五十八……」

どうやら千六本まで切るつもりらしい。言われたことをそのままやってしまうのだ。さらに、風呂に火をつけてくださいと頼まれたお静は、〝風呂そのもの〟に火をつけてしまい、危《あや》うく成戸屋は燃えてなくなるところだった。そして、お静は志摩屋に戻された。

こんなこともあった。お付きの女中と浅草奥山《あさくさおくやま》で芝居《しばい》を見物したお静は、白鷺《しらさぎ》太夫《たゆう》という女役者に憧れ、役者になりたいと駄々《だだ》をこねる。お静は思い込みが激しく一途《いちず》だ。役者になりたいあまり、食べ物が喉《のど》を通らなくなる。お静に大甘《おおあま》の久太郎は、仕方なく金にものを言わせて、お静を舞台に立たせる。もちろん、役者などになれるはずもないのだが。お静にはそのように物怖《ものお》じしない大胆な一面もあった。

そんなお静も、年が明ければ十七歳になる。

お静は襖《ふすま》の前で立ち止まった。中から聞こえてくるのは久太郎と母親のお浦《うら》の声だ。

「お静の嫁入りの件だが。そろそろ先方に返事をしなければならないな」

「富来屋《とぎや》さんのことですか」

「そうだ。ウチと比べれば格下の店《たな》だが、それなりの店だ」

「嫁入り先は格下の店の方がよいでしょう。お静が肩身《かたみ》の狭い思いをしなくて済みますからねえ」

久太郎は茶を啜《すす》った。

「富来屋は木綿《もめん》問屋だが、ウチとも商《あきな》いで関わりがある。志摩屋と関わりがあることで、富来屋の信用も上がるのだから、お静のことをぞんざいに扱うことはあるまい」

お浦は大きく頷《うなず》く。

「それを願うばかりです。心配なのは、嫁としてやっていけるかどうか……」

「うむ。私は、お静が可愛《かわい》くて仕方ない。ずっと手元に置いておきたい。だが、世間体《せけんてい》もある。いつまでもここに置いておくわけにもいかんだろう。まあ、何かあれば戻ってくればよいことだ。神田相生町《かんだあいおいちょう》などは目と鼻の先だからな」

「そりゃ、そうですけど。それで、富来屋さんの跡取《あとと》り息子ですが……」

「半次郎《はんじろう》さんのことか」

「ええ。どのような人なのですかね。お静を嫁にするとなると、よほどおおらかな人でないと……」

「間に入ってくれた亀命堂《きめいどう》さんには、何度も言ったのだ。世間知らずな箱入り娘で、何もできないと。さすがに何をしでかすかわからないとは言えなかったがな」

途切れ途切れに届いてくる声を聞き逃《のが》すまいと、お静は襖に耳を近づける。

(相生町のとぎや……。半次……)

お静は頭の中で繰り返した。

お浦は久太郎の湯飲み茶碗《ぢゃわん》に茶を注《つ》ぐ。

「それで、亀命堂さんは何と……」

「うむ。半次郎さんは店の跡取り息子とは思えぬ慎《つつ》ましやかな暮らしをしているそうだ。今はまだ修業中、奉公人《ほうこうにん》たちと同じだと言って長屋で独《ひと》り暮らしをしているらしい。なかなかできることではないぞ」

「長屋での暮らし……。そんなことが、お静にできるはずがありません」

「あははは。まさか嫁をもらってからも長屋で暮らすことはないだろう。だが、それくらいの堅《かた》い男の方が間違いはない。世間知らずなお静には合っているかもしれんぞ。私はこの話、受けてみようと思う」

お静はまだ頭の中で繰り返している。

(相生町のとぎや……。半次……。長屋暮らし……)

お静はその相手に会ってみたくなった。気に入らない男に嫁入りさせられるのは嫌《いや》だ。相手は商いで関わりがある店の跡取り息子。しかも、亀命堂のおじさんが間に入っているとなれば……。話が進んでしまってからでは断れなくなる。その相手に会いたい。どうしても会いたい。なんとしても会いたい。お静は機会をうかがって、その相手に会いに行くことにした。

大川《おおかわ》（隅田川《すみだがわ》）の東、竪川《たてかわ》に架《か》かる一ツ目之橋《ひとつめのはし》。研《と》ぎ屋《や》の半次《はんじ》は、この近くの相生町一丁目にある赤松《あかまつ》長屋に住んでいる。そそっかしく、思い込みが激しく、女に惚《ほ》れやすく、その女が自分に惚れていると思い違いする。「早呑《はやの》み込《こ》みの半次」「わかったの半公」「岡惚《おかぼ》れの半の字」といえば、本所界隈《ほんじょかいわい》で知らぬ者はいない。おけら長屋に住む万造《まんぞう》と松吉《まつきち》に振り回される人たちは数知れぬが、その万造と松吉を振り回してしまうのが半次だ。

半次は出職《でしょく》で、包丁や大工《だいく》道具などの刃を研いで回る。腕は確かだ。

その日の昼下がり、仕事に出る気がしなくなった半次は、長屋で寝転んでいた。

「研ぎ屋の半次さんは、いらっしゃいますか」

声の主《ぬし》は同じ長屋に住む大工の女房だ。

「な、何でえ。ずいぶんと下手《したて》に出るじゃねえか」

「あははは。頼み事だからねえ。半ちゃん。包丁を研いでおくれよ」

半次は寝転んだまま、そっけなく答える。

「今日はもう店じまいだ。包丁はそのへんに置いといてくれや」

「店じまいって、店なんかどこにもないだろうが。頼むよ。大根が切れなくてさ、晩ご飯の支度《したく》ができないんだよ」

「大根《でえこん》くれえ、手で引きちぎりゃいいじゃねえか」

「そんなことができるわけないだろ」

「だったら食いちぎれ」

「馬鹿《ばか》なことを言ってんじゃないよ」

「面倒臭《めんどくせ》えなあ。わかったよ。後で届けるから、そこに置いておけや」

半次は畳《たたみ》の上で寝返りを打った。

「あのう……。とぎやの半次さんのお宅は、こちらでしょうか」

「うるせえなあ。後で届けるって言ってんだろうがよ」

返事がない。半次は起き上がって土間《どま》に下りる。

「包丁くれえ、隣の婆《ばばあ》に借りりゃいいじゃ……。お、おたくはどちらさんで……」

立っていたのは若い娘だ。それもこの界隈では見たこともない上等な絹の着物を着ている。花柄の袖《そで》は地面につきそうだ。着物だけではない。藤の花のような簪《かんざし》。白い草履《ぞうり》。赤い紅《べに》。どこから見ても大店《おおだな》のお嬢様だ。娘は半次の問いには答えず――。

「半次さんでしょうか」

「そうですけど……」

「とぎやの半次さんでしょうか」

「だから、そうですけど……」

「長屋に住んでいる、相生町のとぎやの半次さんでしょうか」

「ですから、そうですけど……。おたくはどちらさんで」

「静といいます。半次さんの嫁になるかもしれない者です」

「へえ……。あっしの嫁にねえ……。な、なんだって。あ、あんたが……。ま、とりあえず上がってくだせえ。話はそれからで」

半次は座敷《ざしき》に転がっている徳利《とくり》や、食べかけの芋が載った皿、春画《しゅんが》などを隅《すみ》に積んであった布団《ふとん》の間にしまい込む。

「座布団《ざぶとん》なんて気の利《き》いたもんはねえんで。まあ、ここに座ってくだせえ」

お静は半次の前で正座をした。

「た、確かに嫁さんを世話してくれとは言いやしたが、こんなに早く来るとは夢にも思わず……」

三日前――。半次は湯屋《ゆや》で、子供のころから世話になっている大工の棟梁《とうりよう》と出くわした。

「半次。おめえもそろそろ嫁をもらったらどうなんでえ。嫁さんでももらえば、落ち着きのねえおめえも、少しはどっしりするんじゃねえのか」

「へえ。ですがねえ、なかなか乙《おつ》な相手がいねえもんで。帯《おび》に短し褌《ふんどし》に長しってやつでしてね」

「何でえ、そりゃ。よし。それじゃ、おれが嫁さんを世話してやろうじゃねえか。ちょうど、どこかに手ごろな男が、のたくっていねえかって話がいくつかあるんでえ」

「のたくるって、おれはミミズじゃねえや……」

半次はここで言葉を引っ込めた。

「どうしたんでえ。断るってえのか」

「いや、その、棟梁に女を見る目がありゃ、安心して頼めるんですよ。ですがねえ、棟梁のおかみさんみてえなお多福《たふく》を連れてこられた日にゃ、どうしようもねえですから」

「そりゃそうだ……。って、ふざけるねえ。贅沢《ぜいたく》を言える身分か、よーく考《かんげ》えてみやがれ。よーし。てめえが腰を抜かすような器量《きりょう》よしの娘を連れてきてやらあ」

「そういうことなら、お願《ねげ》えいたしやす」

半次は棟梁とのやりとりを思い出して大きく頷いた。

「なるほどねえ。こりゃ、確かに腰を抜かすような娘だぜ。お静さんとやら、その着物は、あっしを驚かせようとしての洒落《しゃれ》ですかい」

　お静は平然としている。

「棟梁も洒落がきついからねえ。と、ところで、お静さんは、どちらのお静さんで……。ですから、どこに住んでるとか、どこどこの娘だとか……」

「それは言えません」

「どうして言えねえんですかい」

「間に入っていただいた方に迷惑がかかるからです。私はあなたとの縁談のことを知りました。おとっつぁんと、おっかさんが話していたのを盗み聞きしたのです。その相手、とぎやの半次さんが、気に入らない人だったら、まだ嫁にいく気はないと断ってしまえば、間に入ってくれた方の顔を潰《つぶ》さずに済みます」

「そりゃ、そうでえ」

「だから、会って確かめようと思ったのです。私があなたのことを気に入らず、まだ嫁にいく気はないからと断ったとき、あなたは私のことを、どこのだれだか知らない方がよいと思うのです。これは、お互いに言えることだと思います」

半次は膝《ひざ》を叩《たた》いた。

「偉《えれ》え。お静さんの言う通りでえ。あっしだって、お静さんに引き合わされてから断ったんじゃ、世話になった棟梁に合わせる顔がねえ。引き合わされる前《めえ》だったら、なんとでもならあ。そ、それで……」

半次は息を吞《の》んだ。

「お静さんは、あっしのことをどう思ったんでしょうか」

「そ、それはまだわかりません」

半次は息を吐き出す。

「そ、そりゃそうだ。会ったばかりで、相手のことなんざわかるわけがねえや」

「半次さんは、私のことをどう思われたのでしょうか」

改めてお静の顔を見てみると、なかなかの器量よしだ。だが、ここからがいつもの半次とは違う。お静という得体の知れない娘に気後《きおく》れしているのだ。ひと目《め》惚《ぼ》れというわけにはいかない。

「美しい娘さんだとは思いやすが、所帯《しょてえ》を持つとなりゃ、それだけじゃ決められねえ。家柄なんざどうでもいいですが、夜になると行灯《あんどん》の油を舐《な》めるとか、首が長くなるなんてえのは勘弁してもらいてえ。だが、一番大切なのは本人同士の相性ってやつでしょう」

　お静は大きく頷いた。

「私もそう思います」

「それならこうしやせんか。お互いに相手の素性《すじょう》などは知ろうとせずに、いつも通りに話をするってえのは。その方が相手のことがわかるってもんで」

　お静は頷いた。

「そうしましょう」

「ところで、お静さん。よくここがわかりやしたね」

「相生町は両国橋《りょうごくばし》を渡ったすぐのところだと聞きました。両国橋を渡るのは久しぶりです。二年ほど前に、南森下町《みなみもりしたちょう》にある絹問屋で働いたことがあります」

「へー。南森下町で奉公してたんですかい」

　お静は微笑《ほほえ》んだ。

「半次さんは有名な方なんですね。私は相生町の長屋としか聞いていなかったので、両国橋を渡って、いろんな人に訊《き》いたんです。相生町の長屋に住む、とぎやの半次さんを知りませんかって。知らない人はいませんでした」

「そ、そうなんですかい」

「半次さんは頭がよいのですね。〝早呑み込みの半次〟って呼ばれてるんですか。何をやっても呑み込みが早いってことですよね。そして、とても優しい人なんですね。〝わかったの半ちゃん〟と言ってる人もいました。何を頼んでも、わかったって言ってくれるんですよね。岡惚れっていうのは何ですか」

半次は頭を掻《か》く。

「わははは。お静さんも洒落がきついぜ。そこまで知られてりゃ、もう隠すことなんざねえや」

お静は部屋の中を見回す。

「そうそう。半次さんが暮らしている長屋っていうのはどこなんですか」

「ここですが……」

「ここで暮らしてる……。ここは物置ですよね。それとも大きなゴミ溜《ため》ですか」

「わははは。またまた、洒落がきついねえ」

お静は畳に広げてある風呂敷《ふろしき》を指差した。

「これは何ですか」

「これは、掛け取りが来たときに、ひっ被《かぶ》るために広げて置いてあるんでさあ」

「かけとり……。ニワトリみたいなものですか」

「借金取りですよ。この風呂敷を被って、しばらくじっとしてりゃ、借金取りも帰《けえ》っていくって寸法でさあ」

「まあ、かくれんぼみたいで面白そう」

「わははは。かくれんぼとは恐れ入ったねえ。その通りでえ」

「ところで、客間はどこにあるのですか。こんな狭いところで暮らせるはずがありません」

「馬鹿言っちゃいけませんぜ。隣の熊《くま》公なんか、この四畳半に親子五人で暮らしてらあ。あっしなんざ独り者《もん》だから、広々としたもんでさあ。ほら、そこに畳《たた》んだ布団を置いたって、四畳も残ってるでしょう」

　お静は布団の間から出ている紙を引き抜いた。男女が裸で絡《から》み合っている春画だ。

「ちょ、ちょっと。勝手なことをしねえでくだせえよ」

お静は春画を奪おうとした半次の手を払い除《の》ける。

「これは、何の絵ですか」

半次は頭を抱《かか》える。

「とんでもねえものを見られちまったなあ。恥ずかしながら、見ての通りでさあ」

お静は、しげしげと春画を見つめる。

「これは、何をしているのでしょうか」

「何をしてるって訊かれてもねえ……。つまり、ナニをしてるってわけで……」

「答えになっていません。何をしているのかって訊いているのに、ナニをしてるって」

「ですからね、ナニをしてるんでさあ。そんなことを〝ナニをして〟なんぞと言うでしょうが」

「わかりません。何がナニをしているのですか」

半次は目頭《めがしら》をおさえる。

「目眩がしてきやがったぜ」

お静は春画に描かれている男のイチモツを指差した。

「これは何ですか」

「そ、そんなことを訊かれてもねえ……。つまり、その……、ナニですよ」

「さっきから〝ナニ〟ばかりではありませんか。はっきりと答えてください」

「マジで洒落がきつい女だぜ。こりゃ、万松《まんまつ》じゃねえと太刀打《たちう》ちできねえな……。ま、万松……。そうだ。この娘を見たら、さすがの万松も腰を抜かすはずだ。おれのことも見直すに違《ちげ》えねえ」

お静はまだ春画を見つめている。

「お静さん。こんなむさ苦しいところで話をしていても色気がねえんで、ちょいと外に出ませんかい」

半次は立ち上がった。

二

三祐《さんゆう》で万造と松吉が呑んでいると、お栄《えい》がやってきた。

「暖簾の隙間《すきま》から、半次さんが覗《のぞ》いてるよ」

松吉は暖簾を見ずに――。

「ああ。知ってるよ。何かを企《たくら》んでるに違《ちげ》えねえ。中に入《へえ》ってきても知らん顔をしてなよ」

半次が暖簾を撥《は》ね上げて入ってきた。

「おう。お栄ちゃん。元気かい……。な、何でえ。万松のお二人さんもいらしたんですかい。まいったなあ。とんでもねえところに来ちまったなあ。あははは……」

「わざとらしい芝居《しべえ》をしやがって」

「ああ。こりゃ何かあるぜ」

万造と松吉は囁《ささや》き合う。半次は暖簾を上げると外に向かって――。

「入《へえ》ってくんな」

暖簾を潜《くぐ》って入ってきたのは、どこから見ても大店のお嬢様にしか見えない娘だ。万造、松吉、お栄の三人は息を呑んだ。半次は、その様子にすこぶる満足する。

「ちょいと、座敷に上がらせてもらうぜ」

半次とお静は、万松の近くに腰を下ろした。

「お栄ちゃん。酒をくれや。お静ちゃんはどうしやすかい」

お静はあたりを見回す。

「あのー。ここはどこでしょうか」

「三祐っていう居酒屋《いざかや》でさあ」

「居酒屋……」

「酒を呑むところでえ。おう、お栄ちゃん。とりあえず、猪口《ちょこ》を二つくれや」

お栄が猪口を二つ投げると、松吉がそれを受け取って、半次の前に置いた。

「お待たせいたしました」

松吉はそれだけを言うと、自分の席に戻る。松吉が何かを訊いてくると思った半次は拍子抜けしたようだ。しばらくすると、お栄が徳利を持ってくる。

「お待たせいたしました」

お栄もそれだけを言うと、帰っていく。お栄が何かを訊いてくると思った半次はイラつく。

「お静ちゃん。少し呑んだらどうでえ」

半次は徳利を持ち上げて、お静を促《うなが》した。

「私……、お酒は呑んだことがないので……」

「まあ、いいじゃねえか。居酒屋に来て、酒を呑まねえってえのも野暮《やぼ》だからよ。口をつけるだけでかまわねえ。さあ、猪口を持ってみなよ」

半次はその猪口に酒を注ぐ。

「でも……。こんな汚い店のものを口に入れて、お腹《なか》を壊さないかしら……」

「たぶん大丈夫《でえじょうぶ》でえ。ここで酒を呑んで死んだって話は聞いたことがねえからよ」

お栄の表情《かお》は険《けわ》しくなるが、松吉が目配せをする。ほっとけという合図だ。我慢しきれなくなった半次は自分から切り出すことにした。

「そうそう、挨拶《あいさつ》をしとかなきゃいけねえな。お静ちゃん。こちらはおけら長屋の万造さんに、松吉さんだ。それから、この店のお栄ちゃん」

お静は丁寧《ていねい》に頭を下げた。

「静でございます。どうかよろしくお願い申し上げます」

お栄は呆気《あつけ》にとられている。

万造は松吉に——。

「この娘さんに見覚えはねえか」

「どこかで会ったような気も……」

半次は軽く咳払《せきばら》いをする。

「この、お静さんは、おれの嫁さんになるかもしれねえ娘さんだ」

「な、なんだと〜」

万造、松吉、お栄の三人は同時に声を上げた。半次も心の中で「よーし」という声を上げた。万造は恐る恐る——。

「あ、あのう、半次さん。なるかもしれねえということは、まだ嫁さんになったわけじゃねえんですね」

松吉も恐る恐る——。

「あ、あのう、半次さん。お得意の早呑み込み、思い違い、岡惚れってことじゃねえんですね」

半次は「ふふふ」と笑う。

「それじゃ、この娘さんに訊いてみりゃいいじゃねえか」

お栄がしゃしゃり出てきた。

「あのう、お、お静さん。半ちゃん、い、いや、半次さんのお嫁さんになるかもしれないんですか」

お静は頷いた。

「はい。私の両親《ふたおや》は、とぎやの半次さんのところに嫁にいかせたいようです」

万造、松吉、お栄の三人は顔を見合わせた。半次は心の中で「よーし」という声を上げた。お栄は続ける。

「お静さん。あなた、どこかのお嬢様なんでしょう。その、何というか、騙《だま》されてるとか、弱みを握られてるとか……」

半次は大笑いする。

「わはははは。心配《しんぺえ》ねえ。お静ちゃんは大店のお嬢様なんかじゃねえんだよ。南森下町の絹問屋で奉公してたそうでえ」

「それじゃ、なんでこんな着物を着てるのよ」

「洒落だよ。まわりの人を驚かせようとしての余興《よきょう》よ。こういう乙なことができる娘さんなんざ、滅多《めった》にいるもんじゃねえ」

　万造が割って入る。

「それで、半次さんはどうなんですかい。こちらの娘さんと所帯《しょてえ》を持つつもりなんですかい」

「そこよ。おれもお静ちゃんも、まだお互《たげ》えのことをよく知らねえ。どうするかなあ……わははは」

　お栄は、お静に尋ねる。

「お静さんはどうなの？」

「私もまだわかりません。でも……。半次さんは頭がよくて、優しい人です。そして、家ではこんなものを見ています」

　お静は帯の間から取り出した紙を広げて見せた。半次は慌《あわ》てる。

「い、いつの間にそんなもんを……」

　お静は、その紙を奪い取ろうとした半次の手を払い除ける。

「これは、何をしているのですか」

　お栄は眉《まゆ》をひそめ、顔を背《そむ》けた。

「半次さんは、ナニをしているって教えてくれました。ナニをしているって、何をしているのでしょうか」

万造と松吉は大笑いだ。

「わははは。やるじゃねえか。わははは」

「ここまで洒落が通じる娘さんってえのは、そういるもんじゃねえ」

お静は春画に描かれている男のイチモツを指差す。

「これは、何ですか。半次さんは〝ナニ〟だと。何でも〝ナニ〟なんですから、何がナニだか、わけがわかりません。どうして、こんなところに天狗《てんぐ》がいるのでしょうか」

万造と松吉は笑い転げる。

「わはははは。痛《いて》え。腹が痛え。助けてくれ〜」

「わははは。半次。おめえ、この娘《こ》と所帯《しょてえ》を持て。死ぬまで笑って暮らせるじゃねえか。わははははは」

お静も笑い出す。

「あははは。私もおかしくなってきました。あはははは。なんだか、私も半次さんのお嫁さんになりたくなってきました。楽しいことがたくさんありそう。あははは……」

お栄はお静に尋ねる。

「こんな上等な着物をどこで借りてきたの？　洒落とはいえ、よく貸してくれる人がいたわね」

お静はしらっとして――。

「私のです。こんな着物なら、五十くらいはあります。気に入ったのなら、この着物、あげましょうか」

お栄は大笑いする。

「あははは。いらないわよ。そんなもんを着てたら仕事にならないから。でも不思議よねえ。腹が立たないっていうか、嫌味《いやみ》がないっていうか、あたしはお静さんのことが好きになったわ」

万造は半次に酒を注ぐ。

「決まったな、半公。むこうの両親《ふたおや》が、おめえに嫁入りさせてえと言ってるんでえ。その上、本人が、おめえの嫁さんになってもいいと言ってるじゃねえか。おめえ、この娘さんと一緒になれ。これだけ洒落が通じるんでえ、所帯《しょてえ》を持ってから、吉原《なか》に繰り出そうが、鉄火場《てつかば》に通おうが、笑って許してくれそうじゃねえか。こんな話は二度とねえぞ。ついでに、この着物は返《けえ》さずに売り飛ばしちまえ」

松吉も酒を注ぐ。

「半の字。おめえも、いよいよ年貢《ねんぐ》の納めどきだぜ」

半次もまんざらではなさそうだ。

「そ、そうかもしれねえなあ……。わはははは」

盛り上がる万造、松吉、半次を見て、お栄は「でも、なんかねえ……」と呟《つぶや》いた。

西の空が茜《あかね》色になったころ、お静は志摩屋に戻った。家に入ると久太郎が駆け寄ってくる。

「お静。暗くなる前には帰ってきなさいと言ってるでしょう」

「ごめんなさい。おみっちゃんとお喋《しやべ》りしてたら、すっかり遅くなってしまって」

お静は近所の幼馴染《おさななじ》みの家に行くと言って昼前に家を出た。よくあることなので、久太郎はまったく疑ってはいない。

「お前に話があるんです。あとで奥の座敷に来なさい」

お静が座敷に行くと、久太郎とお浦が並んで座っている。只事《ただごと》ではない。

「お静。そこに座りなさい」

久太郎とお浦は目を合わせて頷き合った。

「話というのは、お前の縁談のことです。お前も来年十七になる。嫁にいってもおかしくない歳《とし》です」

「そうだよ、お静。私が嫁に来たのは十八のときだったからねえ。お前もそんな歳になったってことだよ」

お静は黙って話を聞いている。久太郎とお浦は目を合わせて小さく息を吐き出した。のっけから「嫌です」と言われることも充分に考えられたからだ。お浦は外堀から徐々に埋めていくつもりだ。

「嫁にいくといっても、大層《たいそう》に考えることはないんだよ。嫌になったらいつでも帰ってくればいいんだから。ここはお前の家なんだからね」

久太郎は頷いた。

「それで、お前の嫁《とつ》ぎ先だがな……」

お静はいきなり――。

「私はかまいません。嫁にいきます」

「そうか。それはよかった……、って、まだ何も言っておらんぞ。話は最後まで聞きなさい。嫁入り先はそこの相生町にある木綿問屋、富来屋さんだ」

「私はかまいません。嫁にいきます」

「まだ、話は終わっておらん。最後まで聞きなさい。跡取り息子の半次郎さんは二十五歳でな。真面目《まじめ》な人だそうだ。商いの呑み込みも早いそうでな」

「早呑み込みの半ちゃん……」

「な、何だ。そんな言い回しをどこで覚えてきたんだ」

お浦は作り笑いを浮かべる。

「富来屋さんは立派なお店だけど、この志摩屋と比べたら小さい店だ。だから、お前が嫁にいっても気後れすることはないんだよ。何も心配することはないんだからね」

「私はかまいません。嫁にいきます」

久太郎とお浦は目を合わせて頷き合う。

「それじゃ、お静。この話を進めてもいいんだね」

「はい。お願いします」

お静は深々と頭を下げた。

富来屋の半次郎とお静は、料理屋で顔合わせをすることになった。


研ぎ屋の半次は、湯屋で棟梁と出くわした。

「棟梁。この度《たび》はお世話になりやして、ありがとうごぜえやした。あんな面白《おもしれ》え娘さんにお目にかかったことはねえや。それに、むこうの親御《おやご》さんも、あっしに嫁入りさせてえと言ってるなんざ、驚きでさあ」

棟梁はしばらく考え込んでいたが――。

「半次。おめえの言ってることが、さっぱりわからねえ」

半次は笑う。

「さっぱりわからねえって、この前《めえ》、おれに嫁さんを世話してくれるって言ったじゃねえですかい」

「ああ。確かに言った。それがどうかしたのかい」

「だから、棟梁が世話してくれた娘が、この前、あっしのところにやってきたんでさあ」

「そこだ。そこがわからねえところだ」

「何がわからねえんで」

「おれは、おめえに嫁さんなんざ世話してねえからだ」

「冗談じゃねえや。世話してねえのに、世話をしてもらったって来るわけがねえだろう」

「実はよ、おめえのことは話したんでえ。三、四人から、手ごろな男はいねえかって頼まれてたからよ。だが、研ぎ屋の半次って名前《なめえ》を出した途端、けんもほろろに断られちまってよ。中には、馬鹿にするんじゃねえって殴《なぐ》りかかってきた奴《やつ》までいたぜ。いや、すげえなあ。おめえの人気ぶりはよ」

「ふざけるねえ。嫌われてるんじゃねえか」

「いや、嫌われるどころじゃねえ。鼻つまみ者《もん》ってことでえ」

半次は湯の中に沈んでいった。

湯屋の帰り、半次は三祐に顔を出した。


「おお。いやがったか、万松のお二人さん」

半次は座敷に駆け上がった。

「よっ。どうしてえ、色男の半ちゃんよ。この前の話は、ご破算《はさん》になると思っていたがよ、ちょいと早すぎやしねえか」

半次は二人の間に腰を下ろした。お栄が投げた猪口を松吉が受け取り、その猪口に万造が酒を注ぐ。半次はその酒を呑みほした。

「あながち間違《まちげ》えじゃねえがな。まあ、言ってみりゃ、ご破算になる前《めえ》の話でえ」

万造と松吉は身を乗り出した。

「ちょいと前の話だが、湯屋で町内《ちようねえ》の棟梁に出くわしたと思いねえ。おめえもそろそろ所帯《しよてえ》を持ったらどうなんでえと、小言《こごと》を食らってよ。嫁の世話をしてやるってえから、それじゃあ、お願《ねげ》えしますとなったわけでえ」

松吉は酒を舐めるように呑んだ。

「よくある話じゃねえか」

「棟梁がよ、腰を抜かすような器量よしを連れてきてやらあ、なんぞとほざくもんだから、おれは楽しみにして待ってたって寸法よ」

万松の二人は「なるほど」と、合の手を入れた。

「それで、あの、お静って娘が訪ねてきたわけよ。半次さんの嫁さんにって、世話をしてもらった者《もん》だってな」

万造は半次に酒を注ぐ。

「棟梁も手回しがいいじゃねえか」

松吉は頷く。

「確かに腰を抜かすような洒落をかます娘だったがな」

半次は注がれた酒をゆっくりと呑んだ。

「おめえたちだって、そう思うだろう。だれだって、そう思うに決まってらあ」

「違《ちげ》えのかよ」

半次は小さく溜息《ためいき》をついた。

「さっき、湯屋でその棟梁に会って、礼を言ったのよ。面白《おもしれ》え娘さんを世話してくれて、ありがとうごぜえやすって」

「それで……」

「棟梁は、そんな娘は世話してねえと……」

「だって、おめえに嫁さんを世話してやると大見得《おおみえ》を切ったんだろう」

「ああ。だが、相手が研ぎ屋の半次と知って、ことごとく断られたそうでえ。中には、馬鹿にするんじゃねえと、殴りかかってきた奴までいたそうでえ」

万造と松吉は歯を食いしばって笑いを堪《こら》える。近くで話を聞いていたお栄は背を向けるが、その背中は震《ふる》えている。

「万松のお二人さんよ。勘《かん》の鋭《するで》えおめえたちだ。おれがここに来た理由《わけ》がわかるだろう」

松吉の笑いは収まったようだ。

「それじゃ、あの、お静って娘は……」

「それよ。あの娘は一体《いってえ》だれなんでえ」

お栄が独《ひと》り言《ごと》のように呟く。

「狐《きつね》よ。狐は人を化《ば》かすっていうじゃない。そういえば〝狐の嫁入り〟って話もあったわよね」

万造は腕を組む。

「半次。おめえ、お稲荷《いなり》さんの鳥居《とりい》に小便でもかけたんじゃねえのか」

「馬鹿野郎《やろう》。おれは犬じゃねえや」

松吉は腕を組んだ。

「するってえと、あのお静って娘は、だれかと間違《まちげ》えて、おめえのところに来たのかもしれねえ。何と言って、おめえのところに来たんでえ」

半次も真似《まね》をして腕を組む。

「確か……。相生町の長屋に住む、とぎやの半次さんですかって……」

「それじゃ、間違えってことはねえな」

半次は背中を丸めて、吐息《といき》を洩《も》らした。万造と松吉がそんな様子を見逃すはずがない。

「お、おめえ、あの娘に惚れたな」

半次は顔を上げる。

「そんなことがあるわけねえだろ。だれなんだか気になっただけでえ。まあ、ちょいと面白《おもしれ》え娘だったけどよ」

半次は、もう一度、吐息を洩らした。

三

鳥若《とりわか》は日本橋《にほんばし》でも一流の料理屋だ。その鳥若の二階座敷では、お静が両親《ふたおや》を両脇に座らせている。久太郎は不機嫌《ふきげん》だ。

「なぜ、こっちが早く来ねばならんのだ。富来屋は格下の店ではないか」

お浦は茶を啜りながら――。

「そりゃそうですけど、こちらは嫁に出す身ですから」

「まだ、嫁に出すと決まったわけではない。本人同士の気持ちもあるしな。だがな、世の中には立場というものがある。仮に輿入《こしい》れということになったとしても、富来屋は嫁に来ていただくという立場なのだ。下手《したて》に出ることはない」

「そんなことで見栄《みえ》を張らなくてもよいでしょうに。お静のためなんですから」

口ではお浦に勝てないと思った久太郎は矛先《ほこさき》を変える。

「いいですか、お静。相手の顔をじろじろと見てはいけませんよ。黙って下を向いていればよいのです」

「はい」

お静は素直に返事をする。

数人が階段を上ってくる足音が聞こえる。女中が襖を開けて深々と頭を下げた。

「お連れ様がお見えになりました」

入ってきたのは、富来屋の跡取り息子、半次郎とその両親《ふたおや》だ。

「富来屋の仁平《にへい》でございます。志摩屋さんより先にと思って、早めに参ったつもりでしたが、お待たせしてしまったようで、申し訳ございません」

久太郎はそら笑いを浮かべる。

「お互い、そんな細かいことを気にするのはやめましょう。さあ、どうぞ」

お静と両親、半次郎と両親は左右に別れて対面した。半次郎は真面目そうな男で、酒も呑《や》らないという。仁平は苦笑《にがわら》いを浮かべる。

「堅いのは結構なことなのですが、酒くらいは覚えてもらわないと、商いに差し障《さわ》ると思うのですが……。困ったものです」

お浦は半次郎が気に入ったようだ。

「そんなことはありませんよ。お酒は殿方が道を外《はず》す原因《もと》です。呑まないに越したことはありません。ここにいるお静の父親も、酒から間違いをしでかすことが多いですから。おほほほ……」

久太郎も一緒になって笑う。

「わははは……。その、お静の父親って……、わ、私のことじゃないか。わははは。酒落ですから。わははは」

半次郎の母親は軽く咳払いをする。

「お静さんは、何かお稽古事《けいこごと》をやっていらっしゃるのでしょうか」

お静は下を向いたままだ。お浦が助け船を出す。

「お静は、お花を習っております」

半次郎の母親の表情《かお》は明るくなる。

「まあ。お花を。私は嵯峨御流《さがごりゅう》を少々……。お静さんの流派はどこですか」

お静は下を向いたままだ。また、お浦が助け船を出す。

「うちは、代々、池坊《いけのぼう》で……」

お静は俯《うつむ》いたまま、小さな声で――。

「違います」

「えっ、お静。何を言っているのですか。あなたは池坊でしょう」

「違うんです」

「何が違うんですか」

お静は顔を上げて、半次郎を指差した。

「この人は、私の知っている半次さんではありません」

久太郎は慌てる。

「お、お前は富来屋の半次郎さんに会ったことがあるのか」

「はい。相生町に住む、とぎやの半次さんには会ったことがあります」

久太郎はうろたえる。

「半次郎さんは、このお静にお会いになったことがあるのでしょうか」

半次郎は狐につままれたような顔をしている。

「い、いえ。私はお静さんにお会いしたことはありませんが……」

久太郎はお静の額《ひたい》に手をあてる。

「お静。お前、熱でもあるんじゃないか」

お静は久太郎の手を払い除ける。

「熱などありません。私が会ったことのある半次さんは、これを持っている人です」

お静は懐《ふところ》から一枚の紙を取り出して開いた。

「ナニの絵です」

一同はその絵を見て絶句する。

「お、お静。ど、どうしてこんなものを持っているのですか」

「ときやの半次さんからいただきました」

半次郎は頭《かぶり》を振る。

「わ、私はこのようなものを渡してはおりません。あ、会ったこともないのですから」

お静は、その紙をお浦の顔に近づける。

「おっかさん。これは何をしているのですか」

お浦は両手で顔を覆《おお》いながらも、指の隙間からその〝絵〟を見ている。お静は描かれている男のイチモツを指差した。

「おっかさん。これは何ですか?」

「まあ、立派なこと……。い、いや、早くしまいなさい。お前さん、お静から取り上げてください」

そんなわけで、この縁談はご破算となった。

半月後――。

三祐に入ってきた半次は、そのまま万造と松吉のいる席に座った。

「何でえ、用事ってえのは」

万松の二人は、半次の長屋に出入りしている魚屋の辰次《たつじ》に言伝《ことづて》を頼んでおいた。その言伝を聞いた半次が三祐にやってきたのだ。

「わかったぜ」

「何がでえ」

「お静って娘のことがよ」

半次は身を乗り出した。

「嘘《うそ》じゃねえだろうな」

お栄も近づいてくる。

「本当なの?」

松吉は半次に酒を注ぐ。

「おれたちをみくびってもらっちゃ困るぜ。まあ、知りたくねえってんなら、教えなくてもいいんだけどよ。なあ、万ちゃん」

「ああ。面白《おもしれ》え話だぜ。こんなに面白え話は、佃煮《つくだに》屋の婆が二十年ぶりに身籠《みご》もったって話以来だぜ」

お栄は不満げだ。

「そんなに面白い話なら、どうして聞かせてくれなかったのよ」

松吉は笑う。

「みんなで驚いた方が楽しいじゃねえか。それで、どうするよ、半次さん。教えてほしいかい」

半次は胡坐《あぐら》の足を組み替えた。

「どうせ、おめえたちのこってえ。教えるから、ここの呑み代《しろ》を払えってんだろう。わかったから、早く話しやがれ」

万造は膝を叩いた。

「ものわかりがいいじゃねえか。あの、お静ってえのはな、とんでもねえ娘だったぜ」

お栄はのけ反《ぞ》る。

「きゃー。やっぱり、狐だったのね」

万造はそのまま話を続ける。

「半次から聞いた話の中に謎《なぞ》を解《と》く鍵《かぎ》があったんでえ」

松吉が続ける。

「半次さんよ。お静って娘は、南森下町の絹問屋で奉公していたと言ったな」

半次は頷く。

「ああ。本人がそう言ってたからな」

「南森下町にある絹問屋といえば……、成戸屋しかねえ。成戸屋といやあ、八五郎さんの女房、お里さんが女中頭として奉公してる店だ。お里さんに訊いたら、すべてがわかったぜ」

半次は生唾《なまつば》を呑み込んだ。

「最初にばらしちまうとな、あのお静ってえのは、神田佐久間町《さくまちょう》にある絹問屋、志摩屋の娘だ」

お栄は、松吉の言葉を繰り返す。

「神田……、佐久間町……。絹問屋の志摩屋……。えええええ〜っ。志摩屋っていったら、とんでもない大店よ。あの、お静さんが、志摩屋のお嬢様……」

「そういうことでえ」

これには、半次も驚いたようだ。

「その大店のお嬢様が、なんで南森下町の成戸屋に奉公に行くんでえ」

万造は酒を舐める。

「成戸屋の主《あるじ》は、志摩屋の番頭だったんでえ。暖簾分けをしてもらったってわけよ。言ってみりゃ、志摩屋は本家筋だ。あの、お静って娘の花嫁修業をさせるために、成戸屋でしばらく預かったそうだ」

「なるほど。それで、成戸屋で働いていたことがあると言ったのか……」

「ああ。世間知らずの浮世離《うきよばな》れした娘でよ。とんでもねえ騒動を起こして、志摩屋に帰《けえ》されたみてえだな」

お栄は呆《あき》れる。

「そ、それじゃ、こんな着物は五十くらい持ってるとか、この着物をあげましょうかっていうのは洒落じゃなかったのね。腹立つわあ。春画を見て、これは何ですかって、洒落かと思ったのに、本気で喋ってたとは驚きだわ」

半次は茫然《ぼうぜん》として――。

「それくれえなら、まだいいや。おれの長屋は、物置か大きなゴミ溜って言われたぜ。おまけに、『〝早呑み込みの半次〟って言われてるから、何をやっても呑み込みが早い、頭のいい人なんですね』と、きやがった。面白《おもしれ》え娘《こ》だと思ってたのによ」

万造と松吉は大笑いする。

「な。これだけ笑える話は滅多にねえだろう」

お栄は真顔に戻る。

「ところで、その志摩屋のお嬢様が、どうして半次さんのところに来たのよ」

松吉は万造と半次に酒を注ぐ。

「お里さんは、成戸屋の女中頭で、志摩屋の奉公人ともつながりがあるそうでえ。調べてもらったぜ。お静さんには縁談話があったそうでえ。相手は神田相生町にある木綿問屋、富来屋の跡取り息子、半次郎だ。この話を小耳《こみみ》に挟《はさ》んだお静さんは、話が進む前《めえ》に、その相手に会ってみたくなった……」

万造が続ける。

「神田相生町の富来屋の半次郎が、相生町の研ぎ屋の半次になっちまったってわけよ」

お栄は頷く。

「まあ、確かに似てるけどねえ……」

万造はメザシを口にくわえたまま――。

「ここからが一番、笑えるところだから、耳の穴かっぽじって聞きなよ。志摩屋のお静さんは、富来屋の半次郎と会うことになった。料理屋の座敷で半次郎の顔を見たお静さんは驚いた。そりゃそうだろうよ。その席に座っているのは、今、ここにいる半の字だと思ってたんだからよ」

お栄は恐る恐る尋ねる。

「それで、どうなったのよ」

万造は、女の仕種《しぐさ》で懐に手を入れた。

「こ、この男《ひと》は、私の知っている半次さんとは違います。私の知っている半次さんは、これを持っている男です」

万造は懐から何かを取り出す仕種をした。

「ま、まさか、春画を出したんじゃないでしょうね」

「あたり〜」

万造と松吉は同時に叫んだ。そして大笑いをする。

「それで、その縁談はご破算になったらしいぜ。わははははは」

「そりゃそうだろうよ。そんな席で、十六、七の娘が春画を見せちまったんだからよ」

「その場にいたかったわ〜。あははは」

万造、松吉、お栄の三人は大笑いをするが、半次だけは笑わない。

「つまり、あの娘《こ》は、おれのせいで破談になったってことか……」

松吉は半次に酒を注ぐ。

「おめえのせいなんかじゃねえだろうよ」

「そうでえ。むこうが勝手に間違《まちげ》えて、おめえのところに来たんだからよ。それに、返《けえ》せって言ったのに、春画を持っていっちまったんだろ」

「そうよ。半次さんが気に病《や》むのは筋違《すじちが》いだわ」

半次は何も答えない。

暖簾を潜って入ってきたのは、恰幅《かっぷく》のよい商人風の男だ。

「あのう……、こちらに半次さんはおりますでしょうか。研ぎ屋の半次さんです」

お栄は半次を指差す。

「いますけど……」

男は座敷に近づいた。

「私は神田佐久間町の絹問屋、志摩屋の番頭で喜久助《きくすけ》と申します。すこしお話をさせていただいてもよろしいでしょうか」

お栄は、万松の二人から離れた席に座布団を二枚敷《し》いた。半次はその片方の座布団に移った。

「ここに座ってくんな」

喜久助は手にしていた角樽《つのだる》を差し出した。

「これは、ほんのご挨拶代わりで……」

その角樽に手をかけたのは万造だ。

「ありがとうごぜえやす。それでは、こちらでお預かりさせていただきやす」

角樽は万造の手から松吉に渡り、お栄に渡され、あっという間に姿を消した。

喜久助は呆気にとられているが、半次は平然としている。

「気にしねえでくんなよ。それで、あっしに話ってえのは……」

喜久助は近くにいる万造と松吉を気にしているようだ。

「ですから、気にしねえでくれと言ってるじゃねえか。どっちみち耳に入《へえ》っちまうんだからよ」

喜久助は改めて膝を正した。

「志摩屋のお嬢様のことでございます」

「お静さんの……」

「左様でございます。その節はご迷惑をおかけして申し訳ございませんでした」

「迷惑ってほどのことでもねえがな」

喜久助は何やら口籠もっている。

「何ですかい。こちとら、〝早呑み込みの半次〟って言われるくれえで、気が短《みじけ》えんで」

喜久助はまた、膝を正した。

「それでは申します。お嬢様が半次さんのお宅に伺ったことや、この居酒屋に来たことを……、その、なかったことにしていただきたいのです」

松吉が口を挟む。

「つまりお静さんは、半次と会ったことを、お店で話しちまったってことかい」

「いえ、その……」

「番頭さんよ。洗いざらい言っちまいなよ。その方が話が早《はえ》えぜ」

喜久助は万造と松吉に目をやる。半次が――。

「この二人も関わってることなんで、あっしの言葉と思ってもらってかまわねえよ」

喜久助は頷いた。

「旦那《だんな》様がお嬢様を問い詰めたのです。富来屋の半次郎さんをだれと間違えたのかと。それで、お嬢様は研ぎ屋の半次さんに会いに行ったことを白状したのです。お嬢様は富来屋の半次郎さんとの席で、そ、その、春画を取り出し大変なことになりましたが、お嬢様は半次さんの家から春画を持ち出したことも話しました」

松吉は突っ込む。

「そんなこたあ、そっちの勝手な都合じゃねえか。半次には関わりのねえことだろうがよ」

喜久助は両手をついた。

「おっしゃる通りでございます。そこをお汲《く》み取りいただきたいのです」

万造も突っ込む。

「お汲み取りって、半次は肥溜《こえだ》めじゃねえや。それで、半次にどうしろってんだ」

「ですから、お嬢様とのことは一切口外しないと。そして、お嬢様とは二度と会わないと、お約束をしていただきたいのです」

喜久助は懐から取り出した紙包みを床に置くと、半次の前に指先で滑《すべ》らせた。

「これで、なんとか……」

半次は喜久助を睨《にら》みつける。

「何でえ、こりゃ」

どこからともなく、万造の手が伸びてきて、その紙包みを指先で引き寄せる。それが松吉に渡され、そして、お栄に渡る。紙包みは、あっという間に姿を消した。半次の目つきが鋭くなる。

「おう。ちょいと待ってくれや。大店だか何だか知らねえが、ずいぶんとこの半次を下に見てくれるじゃねえか。こんな金は叩き返《けえ》してやらあ」

半次は下を見るが、紙包みはどこにもない。松吉は作り笑いを浮かべる。

「半次さん。だれが見たって下なんだから仕方ねえでしょう。素直に頂戴《ちょうだい》しておきましょうよ」

万造もうすら笑いを浮かべる。

「そうですよ、半次兄《あに》い。この金で吉原《なか》にでも繰り出しましょうや。ところで、番頭さん。あの紙包みには、いくら入《へえ》ってるんですかい」

「いや、その……」

厨《くりや》の前では、お栄が指を三本立てている。

「三両とは上出来じゃねえか」

喜久助はまた両手をついた。

「はっきり申します。志摩屋のお嬢様が、長屋暮らしの職人などと関わっていたという噂《うわさ》が立ちますと、志摩屋の看板に傷がつきます。今後の縁談にも差し障りがあります。どうか、そのあたりのことを……」

半次は腕を捲《まく》る。

「おうおう。まるで、おれが薄汚《うすぎたね》え野良犬《のらいぬ》みてえな言い方じゃねえか」

松吉は微笑む。

「何をおっしゃるんですか、半次兄い。犬ならまだマシじゃねえですか。みんなは、半次兄いのことを蠅《はえ》か蚊《か》ぐれえに思ってますぜ」

喜久助は手をついたまま——。

「どうか、お嬢様のことは忘れてください」

「ちょっと待ってよ」

大きな声を出したのは、お栄だ。

「半次さんは、お静さんのことが好きだとか、そんなことはひと言も言ってないのよ。ということは……、つまり……。はは〜ん。お静さんが半次さんに惚れちゃったってわけね。女の私にはわかるわ。お店で〝半次さんと一緒になりたい〟って駄々をこねたんでしょう」

喜久助は何も答えない。

「図星のようね。だから、志摩屋さんとすれば、半次さんに手を引いてもらうしかないってことなのよ」

万造はニヤリとする。

「番頭さん、じつはね、半次もお静さんに惚れてるんですよ」

半次は慌てる。

「な、な、何を言いやがる」

「うるせえ。おめえは黙ってろ」

松吉は半次を押しのけるようにして前に出る。

「本人同士が惚れ合ってんなら、一緒にさせてやりゃあいいじゃねえか。どっちが武家《ぶけ》ならともかく、大店の娘と職人が所帯《しょてえ》を持っちゃいけねえって決まりはねえんだからよ」

半次は松吉の肩をつかむ。

「な、な、何を言いやがる」

「うるせえ。おめえは黙ってろ」

喜久助は大声を上げて――。

「そんなことはできません。江戸でも指折りの大店、志摩屋のお嬢様ですよ」

万造は声を荒らげる。

「だからどうしたってんでえ。半次だって、江戸じゃ指折りの早とちりだぜ。相手にとって不足はねえはずだ」

お栄は呟く。

「不足だらけだと思うけどねえ……」

松吉は落ち着いた口調で言う。

「番頭さんよ。半次に非はねえんでしょう。それを、たった三両で手を引けってえのは、ちょいとしょぼすぎやしませんかね」

「私にそのようなことを言われましても……」

万造も落ち着いた声になる。

「そりゃそうだろうよ。それじゃ、お店に戻って、旦那に話してみてくだせえよ。何も急ぐ話じゃねえや。三両は前金として預かっておくぜ」

喜久助は肩を落として出ていった。万造はお栄に――。

「お栄ちゃん、酒だ。酒でえ。それにしてもよ、とんだ金蔓《かねづる》が出てきやがったぜ」

お栄は表情《かお》を曇らせる。

「そんなことをして、いいのかしらね」

「いいに決まってるじゃねえか。向こうが金を持ってきたんでえ。その金が少ねえと言っただけだぜ。なあ、松ちゃん」

「ああ。それに志摩屋は大店だ。五十両、百両出したところで痛くも痒《かゆ》くもねえだろうよ」

「半次よ。後で揉《も》めねえように、取り分を決めておこうじゃねえか。この儲《もう》け話の立役者はおめえだ。だから、おめえが半分。あとの半分をおれたちで分けるってことでどうでえ」

半次は首を捻《ひね》る。

「そもそも、おめえたちの取り分が半分っていう道理がわからねえが……」

そんな言葉が耳に入る三人ではない。お栄が首を突っ込む。

「その、あとの半分っていうところに、あたしも入ってるんでしょうね」

「そんなことしていいの、が聞いて呆れらあ。なんとか言ってくれよ、松ちゃん」

「それじゃ、残りの半分は、四、四、二、でどうでえ」

「だれが四で、だれが二なのよ。元金が十両で、その半分が五両。五両を、四、四、二、で分けると、二だから……。算盤《そろばん》がないとわからないわ」

半次が小さな声で――。

「いらねえよ」

万造は聞き直す。

「何か言ったか」

半次は大きな声で——。

「いらねえって言ったんだよ」

半次は立ち上がると、三祐から出ていった。

「何でえ、ありゃ」

お栄は真顔になる。

「もしかしたら……」

「何でえ」

「半次さんも、お静さんに惚れちゃったのかもしれない……」

松吉は笑う。

「いつものことじゃねえか」

「いつもとは違うから言ってるのよ」

万造と松吉は、顔を見合わせた。

半次はここ数日、出職を休んでいる。なんとなく仕事をする気になれないからだ。畳に寝転がり、ごろごろと転がって壁にぶつかると、また転がって反対側の壁にぶつかる。そんなことの繰り返しだ。

「半次さん……」

風通しが悪いので、引き戸は開けたままだ。

「半次さん……」

空耳《そらみみ》かと思った半次は、二度目の声に飛び起きた。あの声は——。

引き戸の前にお静が立っていた。

「お、お静ちゃん。どうしたんでえ」

お静の目は潤《うる》んでいる。

「そんなところに突っ立ってたって仕方がねえ。こっちに上がんなよ」

殺風景《さっぷうけい》な部屋で、二人は向かい合って座った。

「よく、ここに来れたな。おとっつぁんや番頭の目が光ってるんじゃねえのかい」

「今日は、おとっつぁんが出かけているんで……。生《い》け花のお稽古には女中がついてくるんだけど、途中で女中の目をくらまして……。そうでもしないと、ここに来れないから」

半次はそっけない態度を続ける。

「それで、おれに何か用事でもあるのかい」

お静は俯いた。

「そんな言い方……、ひどいです。あの汚い酒場で、おれの嫁さんになるかもしれない娘だって言ってくれたじゃありませんか」

「なるかもしれねえとは言ったが、なるとは言ってねえ」

お静の目尻から涙が流れた。

「私は……。私は半次さんが好きです。半次さんのお嫁さんになりたいです」

「おめえさん、気は確かか。乳母日傘《おんばひがさ》で何の苦労も知らねえで育った大店のお嬢様が、こんな職人の嫁として暮らせるわけがねえだろう」

「大丈夫です」

「口で言うのとはわけが違うんでえ。年がら年中、金がなくてよ、御櫃《おひつ》の蓋《ふた》が開かねえなんてことは当たり前《めえ》、店賃《たなちん》だって半年も払ってねえ。そんな暮らしに耐えられるはずがねえ。帰《けえ》んな、帰んな。おめえさんの絵空事《えそらごと》に付き合っていられるほど暇《ひま》じゃねえんだよ」

「暇なように見えますけど」

半次はずっこけそうになるのを我慢した。

「おめえさんは、おれに一度しか会ったことがねえだろう。それで、おれの何がわかったってんだ」

お静は何を言われても怯《ひる》まない。

「楽しかったからです。半次さんと一緒にいたら楽しかった。いけませんか。それだけではいけませんか」

半次は小さな溜息をついた。

「あのなあ、お静さんよ。こんな何にもねえ長屋でおめえさんが暮らすことはできねえんだ。金だけじゃねえぞ。簞笥《たんす》がねえんだから、着物だってねえ。おめえさんの家を見てみなよ。何でも揃《そろ》ってるだろう。きれいな着物がたくさんあってよ、小間物《こまもの》もいっぱいあってよ、上等な茶碗で美味《うめ》えもんを食ってよ。それを世間じゃ幸せって言うんでえ。おめえさんは、そんな暮らしをさせてくれるところに嫁ぐのが一番幸せなんでえ。いくら世間知らずのおめえさんだって、それくれえのことはわかるだろ」

「私もそう思っていました」

お静は半次の目を見つめた。

「半次さんは、ここには何もない。私の家には何だってあると言いましたね。それは逆です。この長屋や、あの汚い酒場には、目に見えないものがたくさんあるんです。私の家にはないものが、たくさんあるんです。私には、それが見えたんです」

半次は、底知れぬお静の恐ろしさを感じた。世間知らずの箱入り娘だが、じつは世の中の一番大切なものを見抜いているのではないかと。

「き、聞いたふうなことを抜かすんじゃねえ。おれはなあ、来年、年季《ねん》が明ける吉原《なか》の花魁《おいらん》と一緒になるんでえ。てめえみてえな小便臭《くせ》え小娘なんぞを構ってる暇はねえんだ。さあ、帰《けえ》ってくんな。帰れって言ってるんでえ。さもねえと叩き出すぞ」

お静は涙を拭《ふ》きながら、力なく立ち上がる。

「もう、二度と来るんじゃねえぞ」

お静は丸くなった背中を震わせながら、ゆっくりと歩いていく。

半次は無性《むしょう》に万造と松吉の顔が見たくなった。

三祐の暖簾を潜ると、いつもの席に万造と松吉がいる。

「よっ、色男の半次兄《あに》いじゃねえか。こっちに座ってくんなよ」

「志摩屋の番頭は、いくら持ってくるだろうな。わくわくするぜ」

半次は注がれた酒をあおった。

「おめえたちに断っておくことがある。お静はおれが目をつけた女だ。手を出すんじゃねえぞ」

万造と松吉の動きが止まる。

「何を驚いていやがる。考《かんげ》えてみりゃよ、惚れられた女と所帯《しょてえ》を持てるなんざ、男の本望《ほんもう》じゃねえか。おれはお静と所帯を持つ。横槍《よこやり》を入れるんじゃねえぞ」

松吉はお栄に――。

「半次がいつもと違うって、ぜんぜん変わってねえだろ」

万造は半次に酒を注ぐ。

「あのなあ、半次。落ち着いて考えろ。当人同士が一緒になりてえと言ったって、志摩屋が認めるわけがねえだろう。みじめな思いをするのは、おめえだぞ」

半次は不敵な笑《え》みを浮かべる。

「それを、認めさせちまうのが、この半次って男なんでえ。まあ、見てな」

万造は頭を抱える。

「冗談じゃねえ。それじゃ、志摩屋から金を引き出せなくなっちまうじゃねえか」

半次は万造の肩を叩く。

「あの三両は、おめえたちにくれてやらあ。それで勘弁してくんなよ。あの、お静って娘を幸せにしてやれるのは、この半次兄いしか、いねえんだからよ」

万造と松吉はがっくりと肩を落とした。

「馬鹿は死ななきゃ治らねえってか……」

「こいつは死んでも治らねえや」

半次は目を凝《こ》らしてあたりを見回す。お栄は半次に——。

「ここには目に見えねえものが、たくさんあるらしいんだが、おれには馬鹿が二人いるようにしか見えねえ」

「何をしてるのよ」

「あたしには……」

お栄もあたりを見回す。

「……馬鹿が三人いるようにしか見えないけど……」

半次は手酌《てじゃく》で酒を注いだ。

「違《ちげ》えねえや。だが、一番馬鹿なのは、おれかもしれねえなあ……」

半次が口にしたその酒は、いつもよりほろ苦い味がした。

本所おけら長屋（十九）　その弐

ぜんあく

一

本所石原町《ほんじょいしわらちょう》にある帯問屋《おびどんや》、鶴屋《つるや》の主人、伊太蔵《いたぞう》の表情《かお》は緩《ゆる》んだ。

「又右衛門《またえもん》さん。お待ちしておりました。お甲子《きね》さんもお元気そうで……。も、もしかしたら……、お福《ふく》ちゃんですか……。ま、店前《たなさき》でこんな挨拶《あいさつ》も野暮《やぼ》ってもんです。さあ、どうぞ上がってください。さあ……」

その三人は奥の座敷《ざしき》に通された。

「伊太どん。久し振りでんなあ。八年振りでっしゃろか。ちぃとも変わりまへんな」

伊太蔵は又右衛門のことを懐かしそうに眺《なが》める。

「又さんも、ずいぶんと恰幅《かっぷく》がよくなられて、主《あるじ》の貫禄《かんろく》が出てきましたなあ」

伊太蔵は、自分の後ろに控えている女に頷《うなず》いてみせて――。

「女房《にょうぼう》のお嘉代《かよ》です」

お嘉代は頭を下げる。

「その節は、主人が大変お世話になったそうで……」

又右衛門は大袈裟《おおげさ》に笑う。

「いやいや。毎晩、二人で酒を注《つ》ぎ合《お》うてただけでんがな。なあ、伊太どん」

伊太蔵はお嘉代に――。

「こちらが、又さんのお内儀《ないぎ》で、お甲子さん。それから……」

伊太蔵はひと呼吸《いき》おいた。

「一人娘のお福ちゃん……。いや、もう〝ちゃん〟などとは呼べませんなあ。私が知っているお福ちゃんは、確か八つか九つでしたからなあ。それが、こんな美しい娘さんになられて。私のことは覚えておいでですか」

お福は頷いた。

「もちろんです。伊太蔵小父《おじ》さんには、よく遊んでもらいましたから」

「長旅でお疲れになったでしょう。今日のところはゆっくり休んでもらって、江《え》戸《ど》見物はそれからということにしてください」

伊太蔵は満面の笑《え》みを浮かべる。

伊太蔵は神田佐久間町《かんださくまちょう》にある帯問屋、小松屋《こまつや》に奉公《ほうこう》していた。手代《てだい》から番頭《ばんとう》に上がる十年前、二年間の修業に出ることになった。修業先は大《おお》坂《ざか》にある帯問屋の中村屋《なかむらや》。又右衛門はその中村屋の跡取《あとと》り息子で、当時はまだ身《しん》代《だい》を引き継ぐ前の、若旦那《わかだんな》という立場だった。

又右衛門は伊太蔵よりもひとつ年上だ。伊太蔵は生真面目《きまじめ》で口下手《くちべた》だが、又右衛門は口から先に生まれたような男で性質は逆だった。しかし、歳《とし》が近いこともあってか、妙に気が合った。

酒を酌《く》み交《か》わし、語り合う。又右衛門がいてくれたこともあって、大坂での二年間は楽しい思い出ばかりだ。

江戸に戻った伊太蔵は小松屋の番頭となり、二年ほど前に小松屋の主より暖簾《のれん》分けを許された。そして、本所石原町に鶴屋を開き、主となった。

番頭になってからは大坂には行けなくなったが、時候《じこう》の挨拶は欠かしたことはない。又右衛門もことあるごとに便りを寄越し、つながりは切れなかった。

そんな又右衛門から、ひと月ほど前に文《ふみ》が届いた。

商《あきな》いが一段落ついたので、妻と娘に江戸見物をさせてやりたい、というものだった。二十日後には小田原宿《おだわらしゆく》の早川屋《はやかわや》という旅籠《はたご》に宿泊すると記してあったので、伊太蔵は早川屋に文を送っておいた。もちろん、江戸では旅籠などには宿泊せずに、鶴屋に逗留《とうりゆう》してほしいと書いた。商いもようやく落ち着いた伊太蔵は、又右衛門に恩を返せることが楽しみで仕方なかった。

その夜、鶴屋の座敷では宴席が設《もう》けられた。お嘉代の隣には年ごろの娘が座っている。

お嘉代はその娘に目をやる。

「姪《めい》のお美玖《みく》です。私の姉の娘でね。草加《そうか》の在《ざい》に住んでいるんですけど、今はうちで預かってましてて……」

「美玖です」

「お福ちゃんとは歳も近いから仲良くなれるといいわね」

伊太蔵は両手を広げる。

「さあさあ、食べてください。お口に合うかわかりませんが、これが江戸の味です」

お甲子は膳《ぜん》の上の料理に目を輝かせる。

「これは、お嘉代さんが作りはったんでっか」

お嘉代は恥ずかしそうに笑う。

「とんでもない。私は料理が苦手で……。これは、料理屋の仕出しです。又右衛門さんたちをお迎えする最初のお膳ですから奮発《ふんぱつ》しました。明日からは私の手料理で我慢してもらいますよ」

伊太蔵は又右衛門に酒を注ぐ。

「商いはいかがですか。上方《かみがた》では帯の値も上がっていると聞いていますが……」

又右衛門はその酒を味わうようにゆっくりと呑《の》んだ。

「まあ、ボチボチでんなあ」

「そうそう、番頭の宇平《うへい》さんはお元気ですか。中村屋さんは番頭さんがしっかりされているから安心ですなあ。だから、こうして江戸見物ができるわけでしょう」

又右衛門は呑みかけの猪口《ちょこ》を置いた。

「その通りでんなあ。すべて、宇平のおかげですわ。わてら一家は、いつも心の中で宇平に手を合わせております。なあ」

お甲子はお福の顔を見て、にっこり笑う。

「番頭さんがおらへんかったら、こないして江戸に来ることはできまへん」

「お福。どうや、江戸の食べ物は。味が濃いかもしれんて心配してたやろ」

又右衛門は話題を変えた。

「美味《おい》しいわあ。これは佃煮《つくだに》……、ですか」

お福は微笑《ほほえ》む。

お嘉代は安心したようだ。

「江戸前のアサリなんです。たっぷりの濃口醤油《こいくちしょうゆ》で煮込むんで、上方の方は驚くかもしれないって話してたんですよ。だって真っ黒でしょう」

「いえ。そないなことありません。ご飯も進みます」

伊太蔵は徳利《とくり》を持ったままだ。又右衛門に酒を注ぐことばかり考えている。

「さあ、どうぞ。明日はどうされます」

「どないしようかなあ。浅草《あさくさ》の観音《かんのん》様にでも行ってみようかと。その裏手には見《み》世物小屋《せものごや》や芝居《しばい》小屋もあると聞いています」

「そうですか。その他にも大道芸や屋台の食べ物屋なんかも出ていて賑《にぎ》わっていますよ」

　お甲子は相槌《あいづち》を打つ。

「こちらに来る途中でも、旅籠で一緒になった方たちから、江戸のいろいろな話を聞きました」

　又右衛門は伊太蔵に酒を注ぎ返す。

「ほんで、伊太どん。ちょいと頼みがおましてな」

「何でしょうか」

　伊太蔵は微笑んでいる。何を頼まれても受けるつもりだからだ。

「長旅となると、この節は道中が物騒《ぶっそう》になったそうで……」

「そんな話はよく耳にします。昨年も隣町の一行が善光寺《ぜんこうじ》参りに出かけたのですが、道中で金を盗《と》られてしまったそうです」

「〝護摩《ごま》の灰《はい》〟ちゅうやつでんなあ。金を持っていそうな旅人に目をつけましてな、巧《たく》みに近づいて、気づいたときには金を盗られてるちゅうやつですわ。わての知り合いもやられましてな。難儀《なんぎ》なこっちゃで」

　伊太蔵は酒を注ぐ。

「それで、頼みとは……」

又右衛門は酒を呑む。

「そんなこともあって、路銀《ろぎん》は片道分しか持ってこんかったんや。申し訳おまへんが、江戸遊山《ゆさん》で使う金と、帰りの路銀を用立ててほしいんや。大坂に戻ったら、すぐに送るさかいに。その方が安心やと思うてな」

伊太蔵は心の中で算盤《そろばん》をはじく。江戸での金ならともかく、帰りの路銀もとなると、二十両、いや、三十両は要《い》るだろうか。大金だ。だが、用意できない額ではない。又右衛門には上方で世話になった。断るどころか、嫌《いや》な顔を見せるわけにはいかない。

「お安い御用です。それではまず、江戸でお使いになる分だけお渡ししておきましょう」

「おお。それは助かるわ。ちゃんと証文《しょうもん》を書くから心配せんといてや」

「そんな……。私と又さんの仲で証文などとは滅相《めっそう》もない」

「伊太どん。商いの決まり事でんがな。金のことはきっちりせなあかんで」

伊太蔵は又右衛門に三両を渡した。

翌朝――。

お嘉代が店の小上《こあ》がりで品物を並べていると、お福がやってきた。

「お嘉代さん。これからお嘉代さんのことは、小母《おば》さんと呼んでもええですか」

「どういうことですか」

「だって、伊太蔵さんのことは小父さんと呼んでいるから。うちはお嘉代さんのことを江戸のおっかさんだと思うてます」

伊太蔵とお嘉代には子供がいない。お嘉代の表情《かお》は緩む。

「もちろんよ。小母さんと呼んでちょうだい。その代わり……」

「なんでっしゃろ」

「私も、お福ちゃんって呼んでいいかしら」

「そうしてください。それで、小母さん……」

「何かしら」

お福は伏し目がちになった。

「荷物になるから、着物は持ってきまへんでした。汚れたら、途中の宿場で古着屋さんに売って、そこで買い替えて。どうせ汚れるんやから、上等な着物を買うことはありまへんし。ほら、この着物もこんなに、汚れてしもうて……」

お嘉代が裾《すそ》に目をやると、泥が撥《は》ねたような汚れがある。

「目立たないように、濃い柄の着物を買うたんですけど、この着物で江戸見物するのは、恥ずかしいなあと思うて」

鶴屋の小上がりには、帯に合わせるために、たくさんの着物が吊《つ》るされている。お福はその着物をちらりと見た。

「若い娘さんなら、だれでもそう思うわ。それじゃ、この中から選んでちょうだい。必ずお福ちゃんに合う寸法の着物があるから」

お福は小刻《こきざ》みに飛び跳ねる。

「嬉《うれ》しいわあ。おおきに、小母さん」

お福は吊るされた着物をいくつか選び、身体《からだ》に合わせてみる。

「小母さん。これなんかどないやろ」

「とてもよく似合うわ」

お嘉代は近くにあった帯を手に取った。

「それじゃ、この帯も一緒にして、お福ちゃんにあげるわね」

お福は後ずさりをする。

「そ、そんな、とんでもありまへん。お父ちゃんに叱《しか》られます。お借りするだけですから」

「いいのよ。他には何もできないんだから。そうだ、お甲子さんにも着物と帯を選んでもらいましょう。お福ちゃん。お甲子さんを呼んできてちょうだい」

「きっと、お母ちゃんも喜びます」

お福は踊るようにして消えていった。


又右衛門一家が鶴屋に逗留して、四日が過ぎた。

あたりを窺《うかが》いながら、伊太蔵のところにやってきたのは、番頭の寛治《かんじ》だ。

「旦那様。こんなものが……」

寛治は紙切れを差し出した。

「なんですか、これは……」

「花水木《はなみずき》で飲み食いした代金ですよ」

「花水木といえば、浅草の……」

「そうです。一流の料理屋ですよ。代金は本所石原町の鶴屋が払うと言ったそうです」

「どういうことですか」

寛治は呆《あき》れる。

「わからないんですか。旦那様は人がよすぎます。又右衛門さんの一家が飲み食いしたんですよ。今、又右衛門さんが料理屋の者を連れてきました。まるで吉原《なか》の付馬《うま》ですよ」

「又右衛門さんはどうしたんですか」

「さあ、どこかに行ってしまったようです。どうしますか、一両近い大金ですよ」

「とりあえず、払っておいてください」

「旦那様がそうおっしゃるなら払いますけどね。大丈夫なのでしょうか。旦那様が、三両をお貸ししたと小耳《こみみ》に挟《はさ》みましたが。それなら、そこからお支払いになればよろしいのに……」

「まあ、そう言いなさんな。いろいろと世話になった人だから」

「女将《おかみ》さんは、又右衛門さんのお内儀《ないぎ》とお嬢さんに、商売物の着物と帯を差し上げてしまいました。少しはお店《たな》のことも考えていただかないと困ります」

「わかったから、とにかく番頭さんは、花水木の代金を払っておいておくれ」

寛治は渋い表情《かお》をして背を向けた。


酒場《さかば》三祐《さんゆう》で正座《せいざ》をしているのは万造《まんぞう》と松吉《まつきち》だ。二人の前にはお染《そめ》が座っている。

「まったく、あんたたちときたら……」

お栄《えい》はお染に徳利を運ぶ。

「ど、どうしたんですか」

お染は手酌《てじゃく》の酒を呑みほした。

「北六間堀町《きたろつけんぼりちょう》のお茶屋《ちゃや》のご隠居《いんきょ》が亡くなってね。長桂寺《ちょうけいじ》で通夜《つや》があったんだよ。その清めの席で万松《まんまつ》の二人が呑み食いした挙句《あげく》に、酔《よ》っ払《ぱら》って、近くにいた栄太郎《えいたろう》さんと喧嘩《けんか》になって大騒動さ……」

お栄は驚かない。

「まあ、考えられないことではないけど」

「そこまでだったら、あたしだって驚きゃしないさ」

「続きがあるんですか」

「大ありのこんこんちきだよ。よく聞いたらこの二人、香典《こうでん》を出していないどころか、お茶屋のご隠居や身内の人たちとは、まったく面識《めんしき》がない。つまり、縁もゆかりもない通夜に手ぶらで紛《まぎ》れ込んで、ただ酒、ただ飯《めし》を食らっていたんだよ」

お栄は大笑いする。

「お栄ちゃん。笑い事じゃないよ。あたしはね、栄太郎さんの長屋の人からその話を聞かされて、顔から火が出そうだったよ。さすがはおけら長屋。通夜だけに、火屋《ひや》（火葬場）に行く前に火事場《かじば》の泥棒《どろぼう》に遭《あ》ったようなもんだって」

「あははは。うまいこと言うなあ」

「だから、笑い事じゃないって言ってるだろ。万松のお二人さん。何とか言ってごらんよ」

万造は首筋《くびすじ》を撫《な》でる。

「長桂寺の前を通ったら通夜の看板が立ってたんでね。見送るのは一人でも多い方が故人も喜ぶんじゃねえかと……」

松吉も首筋を撫でる。

「これも何かの縁だってんで、せめて手だけでも合わせようと思っただけなんで。そしたら、どうぞ、どうぞって、席に通されて。なあ、万ちゃん」

「ああ。頼んでもいねえのに、酒が出てきて、ああいう席で断るのも無粋《ぶすい》ってもんでしょう。なあ、松ちゃん」

「まあ、供養《くよう》ってやつだからよ」

「そしたら、栄太郎の野郎《やろう》が、いちゃもんをつけてきやがったんで……」

お染は溜息《ためいき》をつく。

「まったく、あんたたちのおかげで、この界隈《かいわい》じゃ暮らしづらくなるよ」

万造と松吉は肩を落とした。

「小言《こごと》を食らっているようだが、何をやらかしたのかな」

お染が振り返ると、島田鉄斎《しまだてっさい》が腰から刀をはずすところだ。

「旦那～。助けてくだせえよ。ほんの些細《ささい》なことなのに、お染さんがお冠《かんむり》で」

「さあさあ、こっちに上がって一杯《いっぺえ》やってくだせえ」

お栄が投げた猪口を松吉が受け取り、鉄斎の前に置く。間髪《かんはつ》を容《い》れずに、万造が酒を注いだ。

「旦那、聞いてくださいよ。この二人はね……」

「ところで、旦那。今日は昼すぎから出かけたようですが、どちらに……」

「ちょっと、あたしが話してるんだろ」

「剣術道場って様子じゃなかったですけどね」

お染は外方《そっぽ》を向く。

「まったく、もう」

鉄斎は酒を呑んだ。

「今日は誠剣塾《せいけんじゆく》の江波戸《えばと》塾長《じゆくちよう》に誘われてな、浅草の並木町《なみきちよう》にある料理屋で馳走《ちそう》になった。そこで……」

何かを言いかけた鉄斎だったが、口籠《くちご》もる。

「どうしたんですかい」

「いや。少しばかり気になることがあったのだが、まあ、こちらに関わりのあることでもない。それに、言ってみれば盗み聞きってやつだからな」

万造、松吉、そして、お染もこの話に関心を持ったようだ。万造は鉄斎に酒を注ぐ。

「なんですかい、そりゃ」

「その料理屋は隣の席と衝立障子《ついたてしょうじ》があるだけで、話し声が聞こえてくる」

万造は膝《ひざ》を叩《たた》いた。

「よっ。艶《つや》っぺえ話みてえだな。武家《ぶけ》の妻女《さいじょ》と若《わけ》え侍《さむらい》の密通《みっつう》ってやつじゃねえんですかい」

松吉は鉄斎ににじり寄る。

「おれは、店のお内儀と手代の逢引《あいび》きとみたね。手代はまだ若え。お内儀の手練《てれん》手管《てくだ》に溺《おぼ》れちまったんだろうなあ。お前、こんなことをしてもらったことがあるかい。ほら……。なんつってなあ……。い、痛《いて》え」

松吉の頭に、お栄が持っていたお盆が落ちてきた。

「残念だが、そんな話ではない。話をしていたのは、上方の親子三人だ」

鉄斎は猪口をゆっくりと口に運んだ。

二

又右衛門親子三人は浅草の並木町にある料理屋に入り、酒と料理を頼んだ。

「あなた。そないに高価なものを頼んで……」

又右衛門は平然としている。

「気にすることはあらへん。金なんか、なんぼでも伊太どんから引き出せるわ」

「でも……」

お福もお甲子と同じ考えのようだ。

「今さらなんや。そんな甘い考えやから、こんなことになったんとちゃうんか」

お甲子とお福は、俯《うつむ》いた。

「この前、伊太どんの口から宇平の名が出たやろ。どんな気がした。言うてみ。どんな気がしたんや」

お甲子の目つきは鋭くなる。

「そりゃ憎い。殺してやりたいくらい憎い。宇平の名が出たときは、表情《かお》に出さんようにするのが、ほんまに辛《つら》かったわ」

「わてかてそうや。確かに、甘かったのは認める。その通りや。宇平を信じたわてがアホやった。けど、わてが悪いことをしたか。わては善人なんや。善人やったんや」

又右衛門は、鼻を啜《すす》った。

「宇平とは、わてが物心つく前からの付き合いや。実家が困ってる、助けてほしい言われたら、どうにかしてやりたいと思うやろ。あれだけ頭を下げられて、請《う》け人《にん》（保証人）になってください言うて、涙を流して頼まれたら、やらなしゃあないやろ。……それがどうや」

又右衛門は、歯ぎしりをする。

「突然、宇平は姿を消しよった。金貸しが押しかけてきて、請け人のお前が返せとわてに見せた証文には、聞いていた金の百倍の額が書かれてた。騙《だま》されたんや。詐欺《さぎ》やと、助けてほしいと頭を下げて回った。けど、みんな知らん顔や。使用人に騙されたんは、わてに徳がないからや言う奴《やつ》さえおった」

「お父ちゃん……」

「世の中なんか、そんなもんや。店や家財を売り払って、借金こそ残らんかったが、中村屋はあっけなく潰《つぶ》れてもうた。奉公人《ほうこうにん》も出入りの者たちも、蜘蛛《くも》の子を散《ち》らすように消えていった。正直者《しょうじきもん》が馬鹿《ばか》を見るだけなんや。お前たちかて、それが痛いほどわかったんとちゃうんか」

お福はせっかくの料理が喉《のど》を通らないようだ。

「お父ちゃんの気持ちはようわかる。うちかて、そう思うわ。でも、小母さんの顔を見てたら胸が痛《いと》うなる。苦しくなるんや」

又右衛門は料理に箸《はし》を伸ばした。

「甘いわ。その甘さの行く末がこの有り様や。店が潰れたとき、わての心の中には、善と悪がいた。善はわてに囁《ささや》いた。どんなに貧しくても、それがどんな仕事であろうと一生懸命に働いて、人様《ひとさま》に迷惑をかけず、親子三人、仲よう暮らしていけと。悪はこう言うた。アホらしい。自分のことを善人などと思うて調子に乗りよって、こんなことになったんや。アホや。お前はアホや、とな……。さあ、はよ食べ。こんな上等な料理は、もう食べられんかもしれへんで。さあ……」

お甲子は箸を置いた。

「そやけど……。伊太蔵さんのお店は大丈夫やろか。私たちのせいで、鶴屋さんが潰れてしもうたらどないしよう」

「アホか。こんなことになってまで、人様のことを心配してどうするんや。わては決めたんや。騙されるより、騙す方を選ぶとな」

「あなた。声が大きいですよ」

お福はポツリと――。

「こんな暮らしを、いつまで続けるんやろう」

又右衛門は悲しい笑い方をした。

「大坂は捨てたんや。わてらに失うものは何もないんやで。行きつくところまで行くだけや。さあ、食べや。そんなことでは本物の悪人にはなれへんで」

又右衛門は盃《さかずき》の酒を呑みほした。

鉄斎の話を聞いた、万造、松吉、お染、お栄の四人はしばらく黙っていた。最初に口を開いたのは万造だ。

「その一家は上方で商《あきね》えをしていたが、ひでえ目に遭ったらしいな。そして、世《せ》間《けん》の理不尽や薄情ってもんを嫌というほど知った……」

松吉は頷く。

「そして、江戸に逃げてきた。それで今は、知り合いの店を騙そうとしている。いや、もう騙してるみてえだな」

鉄斎は溜息をつく。

「その一家だがな、根っからの悪人とは思えんのだ。無理に悪人になろうとしているように思えた。だから気になったのかもしれん。まあ、私には関わりのないことだが」

お染は笑う。

「お染さん。私は何か面白いことを言ったかな」

お染は、さらに笑う。

「旦那もすっかり、おけら長屋の住人になっちまいましたね」

「そうかな」

「そうですよ。あたしたちにそんな話をするってことは、もう、その一家のことに首を突っ込んでるってことですから」

「違《ちげ》えねえや」

万造と松吉が同時に声を上げたので、お染はまた笑った。松吉は酒を呑んだ。

「旦那の話を聞く限りでは、確かに根っからの悪人じゃねえようだ。女房と娘の心は揺れてるみてえだしなあ」

万造はしみじみと酒を呑んだ。

「善人だった一家が、信じていた番頭に裏切られたんだ。その父親の気持ちがわからなくもねえ。お人好《ひとよ》しだったことを心底、悔《く》やんでいるんだろうよ。金持ちにはなりたくねえなあ。こちとら、ひでえ目に遭いっぱなしだからよ、恨《うら》んだり、悔やんだりすることなんざ何にもありゃしねえ」

お染は小さな声で唸《うな》る。

「あたしが気になるのは、騙されてる方の人たちだよ。その女房は、お店が潰れてしまったらどうしようと心配してたんだろう。騙す方、騙される方、どっちも救ってあげたいけど……。でも、この話はもうおしまい。だって、そうだろう。旦那が料理屋で隣に座っただけで、どこのだれかもわからない。それじゃ、首の突っ込みようがないじゃないか。さて、今日はいい機会だから、旦那にも小言を言ってもらいますよ。この二人ときたら……」

お鉢が回ってきた万造と松吉は顔をしかめる。お染は鉄斎に酒を注ぎながら――。

「旦那、聞いてくださいよ」

「そのことだが……」

「また、この二人を甘やかそうってんですか」

「いや、まだ続きがあるのだ」

「続きって……。お通夜で、ただ酒、ただ飯を食らって喧嘩をした上に、まだ何かをやらかしたんですか。ちょっと、あんたたち。何をやったのか、言ってごらんなさい」

鉄斎は苦笑《にがわら》いを浮かべる。

「そうではない。料理屋の続きだ。私と江波戸さんが料理屋を出て、吾妻橋《あずまばし》を渡ろうとすると、その一家が少し前を歩いているではないか。吾妻橋を渡ると、その一家は右に折れる。私たちが帰る道と同じだ。こ、断っておくが、決して後をつけたわけではないぞ」

万造、松吉、お染、お栄の表情《かお》は意味ありげに緩む。

「な、なんだ、その表情は。私はたまたま、その一家の後ろを歩いていただけだ」

四人の表情はさらに緩む。万造は鉄斎に酒を注ぐ。

「べつに、あっしたちは何とも思っちゃいませんぜ。なあ、松ちゃん」

「ああ。その一家のことが気になっちまって、料理屋から後をつけただなんて、だれも思っちゃいませんから。ねえ、お染さん」

「そうですよ。旦那が、その一家を救ってあげたい気持ちになって、後をつけただなんて、これっぽっちも思っちゃいませんよ。そうだろ、お栄ちゃん」

「ええ。旦那が後をつけながら、この話をおけら長屋に持ち込もうと考えていたなんて、そんなことが、あるわけがないでしょう」

鉄斎は酒を呑みほした。

「そんなに苛《いじ》めんでくれ」

「それで、どうなったんですかい」

「その一家は大川《おおかわ》（隅田川《すみだがわ》）沿いに歩いていき、石原町にある帯問屋、鶴屋に入った」

松吉の顔色が変わる。

「鶴屋……。石原町の帯問屋、鶴屋ですかい」

「そうだ」

「うちが酒を入れてる店ですぜ」

お染は色めき立つ。

「松吉さん。鶴屋の主のことは知ってるのかい」

「知ってるも何も、しばらく前《めえ》に酒を届けたぜ。なんでも、上方から客が来るって嬉しそうに話してた」

万造は、お栄に酒を頼んだ。

「面白《おもしろ》えことになってきやがったな」

お染は、松吉に——。

「鶴屋の主人っていうのは、どんな人なんだい」

「伊太蔵さんは、絵に描いたような善人でね。いつも笑っててよ。おかみさんも優しい人で、おれたちみてえな者《もん》のことも気遣《きづか》ってくれる。重かったでしょう、暑かったでしょう、ってな。こりゃ、放っちゃおけねえな」

鉄斎は頷いた。

「料理屋で聞いた話の中にも、伊太蔵とか、鶴屋という名は出ていた。間違いはなさそうだな」

お染は前に乗り出す。

「それで、どうするんだい」

松吉は腕を組んだ。

「まずは、下調べだ。鶴屋には寛治という番頭がいる。突っつけばいろいろと聞き出せるに違《ちげ》えねえ。ちょいと待ってくんな」

松吉は腕を解《と》くと、酒を呑みほした。

数日後、三祐で松吉から話を聞いているのは、万造、お染、鉄斎の三人だ。

「それじゃ、鶴屋の主、伊太蔵さんは、暖簾分けをしてもらう前に、大坂の中村屋って帯問屋で修業をしてたのかい」

「ああ。二年ほどだったらしいがな。その中村屋の若旦那だったのが、又右衛門だ。鉄斎の旦那が料理屋で話を盗み聞き、いや、聞いたその男でえ。番頭の話によると、伊太蔵さんは大坂で、又右衛門にたいそう世話になったらしい。八年前《めえ》の話だ」

松吉は酒で喉を湿《しめ》らせた。

「ひと月ちょいと前に、又右衛門から文が届き、一家で江戸見物に来るという。店の主となった伊太蔵さんの張り切りようを、番頭は微笑ましく思っていたそうでえ。じつのところは大坂から逃げてくるってことだけどよ」

万造は松吉に酒を注ぐ。

「伊太蔵さんは嬉しかったんだろうよ。大坂での恩を返せるんだからよ。そんなに張り切るんだから、伊太蔵さんは、又右衛門のことが大好きだったに違《ちげ》えねえ」

お染は表情《かお》を曇らせる。

「その弱みにつけ込まれたってわけかい」

「番頭の寛治さんが言ってたぜ。又右衛門一家は、言葉巧みに伊太蔵さんから金を引き出してると。お福って娘は、鶴屋のおかみさんに着物や帯をおねだりしてるそうでえ。挙句の果てに、又右衛門一家が飲み食いした代金は、鶴屋に請求がくるんだとよ」

万造は腕を組んで唸る。

「うーん。弟子入《でしい》りしてえくれえだぜ。それに比べて、通夜の席での食い逃げなんざ、かわいいもんじゃねえか。ねえ、お染さん」

「感心してどうすんだよ」

松吉は続ける。

「大坂に帰《けえ》るための路銀を貸してほしいとも言ったそうだ。道中は物騒だから大坂に帰ってから、金は送ると言ったらしい。番頭は忠告したそうでえ。大丈夫なんですかと。伊太蔵さんは笑いながら、心配するなと言ったってよ」

鉄斎は猪口を置いた。

「だいぶ話が見えてきたな。さて、どうするかだ。鶴屋さんに話をするなら、松吉さんだろう。関わりのない者が言うべき話ではないし、面識のない者からの話は、まともに聞いてはくれんだろう」

お染は頷いた。

「松吉さんと旦那で話すのがいいと思うよ。松吉さんは鶴屋の人たちに知られているし、旦那は又右衛門一家の話を聞いたんだから」

お栄が酒を持ってきた。

「そのことを話したら、又右衛門一家はどうなるのかなあ。奉行所《ぶぎょうしょ》に突き出されるのかしら」

万造は、お栄から徳利を受け取る。

「そんなことはねえ。今のところ、金は伊太蔵さんの気持ちで渡してるに違《ちげ》えねえ。娘が着物や帯をおねだりしたっていうが、盗んだわけじゃねえ。これまた、おかみさんの気持ちだ。大坂に帰《けえ》る路銀を貸してほしいと言ったそうだが、返《けえ》すつもりがなくたって、借りるだけなら、なんの罪にもならねえからな」

お染は手にしていた猪口を置いた。

「そう思うと、余計に腹立たしいねえ」

鉄斎は黙って酒を呑んでいる。

「どうかしたんですか。旦那……」

鉄斎は猪口を持ったまま――。

「鶴屋は松吉さんの店の得意先だ。だから、鶴屋の伊太蔵さんに話すのが筋《すじ》だと思っていたが、伊太蔵さんは傷つくだろうな。自分の素直な気持ちでしていることが、じつは騙されていると知るわけだからな。それも、自分が大好きな恩人にだ」

万造は鉄斎に酒を注ぐ。

「だからって、黙ってるわけにはいかねえでしょう」

お染も万造から酒を受ける。

「どうすれば丸く収まるのかしらねえ」

鉄斎は腕を組んだ。

「まずは又右衛門さんに言うべきではないかな。それで、又右衛門一家が改心してくれれば、浅い傷で済むはずだ」

松吉は手を打った。

「なるほどねえ。このまま悪事を続けるなら、鶴屋の伊太蔵さんに話すと言えば、やめるはずだ。そうすれば、伊太蔵さんは傷つかずに済む。それしかねえな」

「何か違うのよねえ」

「何が違うんでえ」

声を発したのは、お栄だ。松吉が尋ねる。

お栄はお盆を胸に抱《かか》えながら一同に近づく。

「うーん……。おけら長屋っぽくないっていうか……。まともっていうか……。今の話だけどさあ、そんなのは、徳兵衛《とくべえ》さんが言い出しそうなことだもん。おけら長屋が考える手立てって、もっと、笑えてさあ、楽しくてさあ、馬鹿馬鹿しくてさあ、それなのに最後は丸く収めちゃうって、そんな手立てなんだよねえ」

万造は持っていた猪口を叩きつける。

「大家《おおや》の野郎が言い出しそうな手立てだと～。冗談じゃねえ。そんなケチをつけられた手立てを使えるわけがねえだろ。なあ、松ちゃん」

「おうよ。考《かんげ》えてみりゃ、お栄ちゃんの言う通りでえ。第一《でえち》、遊び心がねえ。まず、おれたちが楽しまなきゃいけねえ。それを忘れていたぜ」

お栄は嬉しそうだ。

「そうだよ。それこそが、万松にしか考えられない手立てだよ」

松吉は考え込む。

「旦那。又右衛門一家は悪人じゃねえと言いやしたね。悪人になろうとしてると」

「確かに言った」

「それが本当なら、又右衛門の心には、まだ善人の根っこが残されているはずでえ。お人好しの種が残されているはずでえ。それに水をかけてやりゃ、善人の心を呼び覚ますことができるかもしれねえ」

お染は笑った。

「面白そうだねえ。又右衛門一家の心の中にいる〝善〟が勝つか〝悪〟が勝つか。やってみようじゃないか。それで、松吉さん。何か手立ては浮かんだのかい」

松吉は不敵な笑いを浮かべて酒を呑む。

「……。何も浮かばねえ」

一同はひっくり返った。

三

松吉は鶴屋を訪ね、伊太蔵を大川の河原《かわら》に誘い出した。そこには鉄斎が立っている。

「どうしたんですか、松吉さん。こ、こちらは……」

「同じ長屋に住む……」

鉄斎は丁寧《ていねい》に頭を下げた。

「浪人《ろうにん》、島田鉄斎と申す」

伊太蔵はその名に聞き覚えがあったようだ。

「島田様……。も、もしや、誠剣塾の……」

「鉄斎の旦那をご存じなんですかい」

伊太蔵の表情《かお》は明るくなった。

「お得意様にお武家様がいらっしゃいましてね。お酒の席にお供《とも》をさせていただくこともあるのですが、島田様のお話を伺ったことがあります。剣術の腕前、人物に惚《ほ》れ込んで、ご自分の藩《はん》への仕官《しかん》をお誘いしたが断られたと。長屋暮らしの方が性《しょう》に合っているとおっしゃったとか。大変に残念がっておられました」

「そんなことがありましたかな」

「あなた様が、その島田様でしたか」

松吉は心の中で「こいつあ、都合がいいや」と呟《つぶや》いた。

「ところで、松吉さん。私に何か話でも……」

松吉は真顔になった。

「伊太蔵さんには、ちょいと酷《こく》な話なんですが、聞いてもらいてえんで。鉄斎の旦那が浅草並木町の料理屋でね……」

おけら長屋が考えた手立ての第一歩は、伊太蔵にすべてを打ち明けることだった。

話を聞き終えた伊太蔵は、しばらく大川の水面《みなも》を見つめていた。

「そうですか。そんな話を聞いてみると、思い当たる節がたくさんあります」

伊太蔵はまた水面を見つめた。

「辛かったでしょうねえ、又右衛門さん。そうですか。宇平さんに裏切られたのですか……。宇平さんのことは信頼していましたからね。そんなことがあったのですか。そうですか」

伊太蔵は、途切れ途切れに同じような言葉を繰り返した。

「ご親切に教えてくださり、ありがとうございました」

松吉は恐る恐る尋ねる。

「そ、それで、伊太蔵さんはどうするおつもりで……」

伊太蔵は水面を見つめたまま――。

「どうもしませんよ。このままにしておくだけです。できることなら、この話は聞きたくありませんでした」

「金を騙し取られてもですかい」

「私にできることは、それくらいですから。それでは……」

伊太蔵が帰りかけたとき――。

「お待ちいただきたい。伊太蔵さんに聞いていただきたい話はここからなのです」

鉄斎の言葉に、伊太蔵は足を止めた。

「あなたは、上方で又右衛門さんにお世話になった。そして、又右衛門さんのことが大好きだった」

「そうです」

「だから、あなたは又右衛門さんに恩返しがしたかった」

「そうです」

伊太蔵は淀《よど》むことなく答えた。

「島田様。むしろ私は嬉しいくらいですよ。苦しいときに私を頼ってくれたんですから。中村屋さんは老舗《しにせ》の名店です。そんな名店の主が惨《みじ》めな姿を見せたくないと思うのは当たり前のことです。私は何とも思いません。たとえ、鶴屋の商いが傾こうが、私はできるだけのことをさせていただくつもりです」

松吉と鉄斎は頷き合った。

「伊太蔵さん。それから、又右衛門さんの一家はどうなるのでしょうか」

伊太蔵は、鉄斎の顔を見て——。

「それから、と言いますと……」

鉄斎は伊太蔵の横に並んで大川の水面を見つめた。

「江戸で、鶴屋さんにお世話になり、遊び、飲み食いをして、大坂に帰る路銀を借りる。その金を持って、又右衛門さんの一家は江戸を離れる。又右衛門さんの一家は、それからどうなるのかと訊《き》いているのです」

伊太蔵は何も答えられなかった。

「またどこかで人を騙し、そのことに少しも心が痛まなくなり、それを繰り返す。そんな暮らしがいつまでも続くと思いますか。末路《まつろ》は見えているでしょう」

伊太蔵は黙ったままだ。

「浅草並木町の料理屋で又右衛門さんの話を聞いてしまったとき、私は思いました。又右衛門さんはまだ悪人にはなっていないと。世間の理不尽さや薄情さが、悪人にさせようとしたのです。ですが、そんなことで、人が持って生まれた心根は変わらないと、私は信じています」

「島田様は、私にどうしろとおっしゃるのですか」

「伊太蔵さんに、本当の恩返しをしていただきたいのです」

「本当の恩返し……」

伊太蔵は、その言葉を繰り返した。

「そうです。本当の恩返しは、又右衛門さんに金を与えることではありません。あなたが騙され続けることでもありません。又右衛門さん一家に立ち直ってもらうことです。このままでは、いずれお縄《なわ》になるか、どこかで野垂《のた》れ死《じ》にするだけです」

松吉には、鉄斎の思いが伊太蔵の胸に届きかけているように思えた。

「だが、説得するのは無理でしょう。又右衛門さんの心は荒《すさ》んでいます。意見をすれば必ず言い返してきます。又右衛門さんが立ち直るには、自分の心の中にいる善人が、悪人を倒すしかないのです」

「善人が悪人を倒す……」

「そうです。その手立ては、こちらで考えます。伊太蔵さん。力を貸してくれませんか。お願いします」

伊太蔵は鉄斎の顔を見た。

「お願いしますって、島田様には何の関わりもない話ではありませんか。なぜ、そのようなことを……」

松吉が割って入る。

「仕方ねえんですよ。話を聞いちまったんですから。それで知らん顔するってのは寝覚めが悪《わり》いじゃねえですか。人の心の中には、善人と悪人がいるそうですが、あっしたち、おけら長屋で暮らしている連中の心の中には、お節介《せつかい》って虫がいるんでさあ。ねえ、旦那」

鉄斎は頷いた。

「ところでこの前《めえ》、酒を届けたときに、歳のころなら十六、七の娘さんを見かけたんですが、あれはどちらのお嬢さんで……」

「お美玖のことですか。姪です。草加にいる義理の姉の娘です。生《い》け花の名取《なと》りになるため南本所番場町《みなみほんじょばんばちょう》のお師匠《つしょ》さんのところに通ってましてね。しばらく預かっているのです。どうしてそんなことを訊くのでしょうか」

「ちょいと気になったもんで……。色目を使おうってんじゃありやせんから、心《しん》配《ぺえ》しねえでくだせえよ」

松吉の頭の中では、その手立てが少しずつ組み立てられているようだった。

又右衛門が鶴屋の廊下《ろうか》を歩いていると、番頭の寛治がだれかと話している声が聞こえる。「又右衛門さん」と言っているのが聞こえたので、又右衛門は思わず足を止めた。

「番頭さん。又右衛門さんたちはいつまで逗留するのでしょうか」

「わからん。お前が心配することではない」

「ですけど、何もこんなときに……。旦那様はいったい何を考えているのでしょうか」

又右衛門は襖《ふすま》の隙間《すきま》から中を覗《のぞ》いてみた。寛治と話しているのは見かけない男だった。鶴屋の半纏《はんてん》を着ているので、ここの奉公人なのだろう。

「旦那様には、旦那様の考えがおありなのだ。奉公人が口を出すことではない。私たちは旦那様を信じていればよいのだ。ところで、万造。どうだったんだ」

「この十日の間、あちこちを回りましたが駄目でした。小松屋の旦那にお願いするわけにはいかねえ、いや、いかないのでしょうか」

「それはできん。本家の看板に傷をつけるわけにはいかん」

「そんなあ……。このままじゃ、鶴屋は……」

　寛治は何も答えない。

「私たちはどうなるのでしょうか」

「心配するな。もしものときには、旦那様が何とかしてくれる。お前は自分の仕事を一生懸命にやっていればよいのだ」

　又右衛門はその場を離れた。鶴屋によくないことが起こっている。いったい何が起こっているのだ。

　翌日の朝、伊太蔵は、又右衛門に三両を差し出した。

「江戸での小遣《こづか》いが減ってきたのではありませんか。これを使ってください」

　又右衛門は、伊太蔵の手を押し返した。なぜだろう。昨日までの自分だったら躊躇《ためら》うことなく、金を受け取ることができたのに。昨日の番頭と奉公人の話が引っ掛かっているのだ。

「こんなには要りまへんで。まだ、金は残ってますさかいに」

伊太蔵はその金を無理矢理に握らせた。

「せっかく江戸に来たんです。遠慮しないで遊んでください。そう何度も来れるものではありませんから」

又右衛門は思わず握ってしまう。

「今日は上野《うえの》に行けばいい。寛永寺《かんえいじ》から見下ろす不忍池《しのばずのいけ》は見ごたえがあります。それから、湯島天神《ゆしまてんじん》にお詣《まい》りしてください。門前には乙《おつ》な料理屋が軒《のき》を並べています。おっと、お甲子さんと、お福ちゃんも一緒なんですから、飯盛《めしも》り女のいる料理屋には入らないでくださいよ。そうだ。若葉亭《わかばてい》がいいでしょう。あそこなら安心です」

伊太蔵はあたりを見回して、声を落とした。

「懐かしいですなあ。よく、又さんと新町《しんまち》で遊びましたねえ。金が足りなくなって、居残ったことも一度や二度ではなかった」

又右衛門は吹き出す。

「せや、せや。せやったなあ。死んだお父ちゃんに、このドアホが言うて怒鳴《どな》られてなあ」

「でも、又さんは、いつも私を庇《かば》ってくれました。わてが無理矢理、伊太どんを誘ったんやって」

「そうや。ほんまは伊太どんが、わてを誘ったのになあ。勘弁してほしいわ」

二人は大笑いする。

「又さん。あれから八年たちました。私のことを忘れずに会いに来てくれて、本当に嬉しいです」

「忘れまっかいな。忘れろ言われても、忘れまへんがな」

又右衛門の胸が痛んだ。それは、しばらく忘れていた痛みだった。

松吉の家で呑んでいるのは、万造、松吉、鉄斎の三人だ。松吉は万造に酒を注ぐ。

「で、どうだったんでえ」

万造はその酒を呑みほす。

「間違《まちげ》えなく、又右衛門はおれと寛治さんの話を立ち聞きしてた。あんな話を聞かされりゃ気になるだろうなあ。又右衛門はいろいろと探り出すはずだ」

「上々だな。ネタは小出しにしていくぜ」

「ところで松ちゃん。その、お美玖って娘だが、できるんだろうな。何がって、芝居《しべえ》だよ。仕込みだってバレちまったら元も子もねえからな」

　松吉は思い出し笑いをする。

「これが役者顔負けでよ。泣く真似《まね》をさせたら、こっちがもらい泣きしちまった。お花の名取りなんかやめて、役者になった方がいいぜ」

　鉄斎は二人に酒を注ぐ。

「ご苦労さんだな。この手立ての肝《きも》は、こちらからは又右衛門さん一家に何も言わないということだ。又右衛門さんが自分の力で立ち直らなくては意味がない。手間がかかるがな」

　万造は笑う。

「そのぶん、こっちは楽しめるってことでえ。だがなあ、松ちゃん」

「何でえ」

「松ちゃんの書いたト書《がき》だがなあ、ちょいと無理はねえか」

「あははは。心配《しんぺえ》するねえ。人ってやつはよ、いざとなりゃあ放り込まれると、細けえことは気にしなくなっちまうからよ。さてと、明日はおれの出番でえ。わくわくするぜ」

松吉は酒を一気に飲みほした。

鶴屋の居間にいるのは、伊太蔵と姪のお美玖だ。気を抜いていた二人だが、お鈴《りん》の音がチーンと鳴ったので、慌《あわ》てて配置につく。お鈴を鳴らしたのは松吉で、又右衛門が居間の前を通るという合図だ。襖は半寸《すん》（約一・五センチメートル）ほど開けてある。

「お美玖。すまない。許してくれ」

「叔父《おじ》さん、何を言うの。叔父さんにそんなことを言われたら、私はどうすればいいの」

又右衛門は足を止めた。

「お前のおっかさんを助けることができなかった上に、お前をこんな目に遭わせることになってしまうなんて」

「だから、そんなことは言わないで」

お美玖は着物の袖《そで》で目頭《めがしら》をおさえた。

「十二年の年季《ねん》なんて、あっという間《ま》だから」

「お美玖。お前が戻ってきたときにはもう三十だ。これから好きな男《ひと》ができて、所帯《しょたい》を持って、子供が生まれて……。そんな女の幸せを棒に振って……」

「仕方ないよ。借りたお金を返せなかったんだから。もう覚悟はできてる」

伊太蔵は肩を落とした。

「思い通りにはいかないもんだな。神や仏など、この世にはいないのだろう。店が潰れるほどの借金をしたが、お前のおっかさんを助けることはできなかった。それだけならまだしも、お前までがこんなことになるとは。私が甘かった。私はお前のおっかさんに合わせる顔がない。この鶴屋を始めるとき、お前のおっかさんには、金を工面《くめん》してもらったり、ずいぶんと世話になった。だから鶴屋はどうなってもいい。だが、せめてお前だけは……」

伊太蔵は涙を拭《ぬぐ》った。

「叔父さん。だれかを恨んだり、自分を責めるのはやめて。惨めになるだけだよ。叔父さんは優しい人です。だったらそのままの生き方をして。だれからも後ろ指を差されないで生きていってほしいの。私もそうやって生きていく」

伊太蔵は小刻みに何度も頷いた。

「十年の年季だったのに、二年も伸びてしまった」

「十年も十二年もたいして変わらないよ。だって叔父さん。大坂で又右衛門さんに世話になったんでしょ。どうしても恩返しがしたかったんでしょ。私だって、叔父さんにこれだけ世話になったんだもん。これが私の恩返しなんだから」

お美玖は無理矢理に作った笑顔で微笑んだ。

四

鶴屋にやってきたのは、お染と鉄斎だ。お染は髪型を変え、派手な化粧をしている。下卑《げび》た着物姿なのだが、なんとなく着こなしてしまうから不思議だ。その後ろに立つ鉄斎は、どこから見ても用心棒《ようじんぼう》だ。二人は客間に通された。そこに伊太蔵が現れる。鉄斎は声を落とす。

「こちらは、おけら長屋に住むお染さんです」

「ふふ。金貸しのお染と申します」

三人は茶を飲んだ。鉄斎は声を落としたまま――。

「そろそろ仕上げに入ります。よろしいですね」

伊太蔵は頷いた。

「この手立ては上手《うま》くいくのでしょうか」

「それはわかりません。ただ、又右衛門さんの心に善人がいるなら、必ず何かが起こります。そう信じましょう。こちらも、できるだけの手は尽くしてみるつもりです」

お染は茶を啜った。

「又右衛門さんに立ち直ってほしいと、伊太蔵さんが心から願っているなら、その思いは通じるはずです」

お染は湯飲み茶碗《ぢやわん》を置いた。

「ひとつ、お尋ねしたいことがあります。伊太蔵さんは、このまま騙され続けてもいいとおっしゃったそうですが、それほどまでに思う恩義が、大坂であったのでしょうか。あたしの心には、それだけが引っ掛かっているんです」

伊太蔵は照れ笑いを浮かべる。

「又右衛門さんとは、よく呑み、よく遊びました。お甲子さんには隠れてですけどね。私は修業の身ですから金がありません。又右衛門さんにはご馳走になりっぱなしでね」

伊太蔵は茶を啜った。

「曽根崎新地《そねざきしんち》の料理屋でのことです。お膳に鯛《たい》の塩焼きが載ってましてね。私の大好物です。私が厠《かわや》に行って戻ると、鯛の塩焼きが入れ替わっていたんです」

「又右衛門さんのお膳にあった鯛の塩焼きと……、ってことですか」

「そうです。又右衛門さんは、私の好物だって知ってたんです。私の膳にある鯛の塩焼きの方が小さかったからですよ。もちろん、私がそんなことに気づいていたなんて、又右衛門さんは知らないと思いますが……。江戸に帰ってから、よくそのことを思い出すんですよ。鯛の塩焼きを見ると、涙が出てきたりしてね」

「そ、そんなことで……」

鉄斎は頷いた。

「わかるような気がします。人の心に刺さるのは、そんな些細な出来事なのかもしれませんから」

そのとき、お鈴の音がチーンとなった。

お染は煙管《キセル》に火をつけながら――。

「それで、鶴屋さんはいつ明け渡してもらえるのでしょうか」

伊太蔵は手を膝に置いた。

「もうしばらく待っていただきたいのです」

「もうしばらくとは、いつのことですか」

「たぶん、半月のうちには……」

お染は煙管の煙を細く、長く吐き出した。

「そうですか。べつに追い立てようってつもりはありませんから。あたしはそこまで因業《いんごう》な金貸しじゃありませんよ」

「お染さんには、お世話になりっぱなしです。お金を用立ててもらい、それが返せないと知りながら、新たに五十両もお貸しいただいて」

「いいんですよ。どうしても恩返しをしたい人がいるって聞いたもんでね。あたしは天晴《あっぱれ》だと思いましたよ。店までとられようってときに、義理を通そうとするなんざ見上げたもんです。あたしだって江戸っ子の端《はし》くれ、それくらいの心意気はあるってもんです。三百両も三百五十両もたいして変わりゃしませんから。そのぶん、お美玖って娘《こ》の年季《ねん》は延びちまいましたけどねえ」

お染は煙管を煙草盆《タバコぼん》に打ちつけた。

「それから、うちの奉公人のことですが……」

「そのことなら、口入屋《くちいれや》に話は通してありますよ。心配はいりません。そんなことより、伊太蔵さんはどうするんですか」

伊太蔵は俯いた。

「これから、ゆっくり考えます。まずは奉公人たちのことが先ですから」

お染は煙管を袋にしまう。

「それから……。お美玖って娘に好《す》いた男はいるのかい。生娘《きむすめ》だってんなら、まだ日はあるんだ。なんとかしておやりよ。金で買われて男を知るなんざ、あんまりじゃ……」

お染はここで言葉を切った。

「いや、その方が酷かもしれないねえ……」

お染と鉄斎は立ち上がった。


又右衛門ら親子三人は両国の蕎麦《そば》屋に入った。

「お父ちゃん。どないしたんや。さっきからなんも喋《しゃべ》らへんけど」

「ほんまや。身体の具合でも悪いんか。いつもは豪勢《ごうせい》な料理屋に入るのに、今日はなんてことのない蕎麦屋やし。それに、酒と蕎麦だけって」

又右衛門は黙っている。

「お父ちゃん……」

又右衛門は運ばれてきた酒を手酌で呑んだ。

「知らんかった……。詳しいことはわからんけど、鶴屋はえらいことになってるみたいや」

「えらいことって……」

又右衛門は、ここ数日の間に聞いたことを、お甲子とお福に話した。二人は愕《がく》然《ぜん》とする。

「つ、鶴屋が潰れるて、それ、ほ、ほんまかいな」

お福も驚きを隠せない。

「年季ってなんやねん。お美玖ちゃんが借金のカタに売られるって、どういうことや」

又右衛門は徳利を見つめた。

「ようわからん。わからんのや」

男と女が蕎麦屋に入ってきて、隣の席に座った。その男女は鶴屋で伊太蔵と話していた金貸しだった。

「これも何かの因縁《いんねん》や……」

又右衛門は囁いた。女は酒と肴《さかな》を頼んだ。

「あの、すんまへんけど……」

「なんだい」

女は嫌がっているようには見えなかった。

「さきほど、石原町の鶴屋はんから出てきはったところを見たような……」

「そうだけど。お前さんたちは鶴屋に関わりのあるお人かい」

「ええ。帯の商いで鶴屋はんとは関わりがおまして」

「おや、そうかい。お前さんたちは上方の人だね」

「まあ、そんなところで」

　徳利が届くと、男が女に酒を注いだ。

「鉄さん。あんたも呑むがいいよ」

　女は男に酒を注ぐ。

「あ、あの……。鶴屋はんが店を畳《たた》むいう噂《うわさ》を聞きましてんけど、ほんまでしょうか」

　女の目つきが鋭くなった。

「お前さん。それを聞いてどうするんだい」

「鶴屋はんには世話になったことがおまして。何か力になれることがあればと。手堅《てがた》い商いをしてはると聞きましたが、何があったんやろかと……」

「物好きだねえ。あたしから聞いたと言わないでおくれよ。もっとも、あたしがだれだか知らないだろうがね」

女は科《しな》を作って酒を呑んだ。見るからに江戸の女だ。

「鶴屋の主には、お嘉代さんていう女房がいてねえ。このお嘉代さんに姉さんがいるんだが、難病におかされちまってね。なんでも手足に力が入らなくなり、だんだん身体も動かなくなってくる病《やまい》だそうだ。主の伊太蔵さんは奉公していた店から暖簾分けをしてもらって鶴屋を開いたそうだが、金が足りなかった。そのときには、お嘉代さんの姉さんが長年働いて貯《た》めた金を出してくれたそうだよ」

又右衛門たちは黙って話を聞いている。

「伊太蔵さんは、どうしても世話になった義姉《ねえ》さんを助けたかった。名高い医者に診《み》せたり、唐土《もろこし》の人参《にんじん》を手に入れたり、長崎《ながさき》から高直《こうじき》な薬を取り寄せたりしてねえ。だが、鶴屋の商いの稼ぎじゃ追っつきゃしない。それで、あたしのところに金を借りに来たのさ」

又右衛門は自分の徳利から、女に酒を注いだ。

「博打《ばくち》と同じなのかねえ。あれだけ金を突っ込むと引き返せなくなっちまうんだね。やめた方がいいと言ったんだよ。その義姉さんには申し訳ないが、病なら仕方ないじゃないか。どこかで見切りをつけないと店も奉公人も共倒れだ。だが、伊太蔵さんはやめなかった。あたしから金を借り続けてね。とうとう店を手放して、その上、お美玖って娘《こ》も売らなきゃ取り返しがつかないところまできちまったってわけさ」

「それで、その義姉さんは、どないに……」

「三月《みつき》前に死んじまったよ。残ったのは借金だけってことだね」

女は軽く会釈《えしやく》をして、注がれた酒を呑んだ。

「ひと月半くらい前だったかねえ。伊太蔵さんが五十両ほど貸してほしいと言ってきてね。義姉さんは死んじまったんだから、もう使う金なんかないはずだろう。聞いたら、昔世話になった人が江戸見物にやってくるそうだ。どうしても恩返しがしたいとね。どこまでお人好しなんだか。馬鹿だねえ。突っぱねようと思ったけど、なんだか気持ちのいい話じゃないか。自分の店が取られるっていうのに、まだ恩を返そうってんだから。だから貸してやったのさ。おかげで、お美玖って娘の年季は二年延びちまったけどね」

又右衛門は懐《ふところ》の中で、昨日、伊太蔵からもらった三両を握り締めた。

女と男は酒を呑み終えると出ていった。

又右衛門は俯いたままだ。お甲子とお福の頬《ほお》には涙が伝っている。

「お父ちゃん。恥ずかしいわ。うち、恥ずかしくて生きていけへん。お美玖さんは売られるゆうのに……」

お甲子はお福に手拭いを差し出す。

「ほんまや。うちら、上方の面汚《つらよご》しや。いや、上方やない。人としてや。人のクズや。カスや」

又右衛門は俯いたままだ。

「お父ちゃん。大坂に帰って一から出直そうや。うちも働く。どんなに貧乏でも前を向いて生きていきたいんや。伊太蔵さんから借りた金は、まだ残ってるんやろ。申し訳ないけど、そのお金で大坂に帰ろう。足りなくなったら途中の宿場で働けばええ。やる気になったら、どないなことでもできるんや。なあ、お母ちゃん」

「お福の言う通りや。三人で頑張ればなんとかなる。そうや、また、大坂で商いを始めようや。十年かかっても、二十年かかってもええやないの。働いて、働い

て、働いて、店をどんどん大きくするんや。そんで、今度はうちらが、鶴屋の人たちを助けてやるんや。なあ、あんた」

「そやで、お父ちゃん。それが、浪花魂《なにわだましい》ってもんや」

又右衛門は拳《こぶし》を握り締める。

「二十年って、アホぬかせ」

「お父ちゃん……」

「お美玖さんの年季は十二年なんやで。二十年もかかってられるかい。五年や。五年でやったろやないか」

「お父ちゃん。その意気や」

又右衛門は酒を呑みほした。


翌朝、鶴屋に又右衛門親子の姿はなかった。

伊太蔵はその日の夕刻、松井町《まついちよう》の酒場三祐を訪ねた。鶴屋の丁稚《でっち》を使って、そのことは松吉に伝えてある。

「この手紙が残されていました」

万造、松吉、お染、鉄斎の四人は、その手紙を見つめる。

「おそらく、夜が明ける前に発《た》ったのでしょう」

伊太蔵は、松吉に手紙を差し出した。

「読んでもいいんですかい。それじゃ、読みますぜ……。えー……」

松吉はその手紙を鉄斎に手渡す。万造とお染はひっくり返った。

「紛らわしいことをするんじゃねえよ」

「はじめから、旦那に渡しゃいいだろう」

鉄斎はその手紙を受け取った。

「読んでよいのでしょうか」

伊太蔵は「どうぞ」とだけ言った。

　伊太どん
急な用事があってな。
大坂に帰るわ。

大切な用事なんや。
ほんまに大切な用事なんや。
借りた金は必ず返す。
少し、時がかかるかもしれへんけど、
必ず返す。
　待っててや。
　　　　　　　　　　　又右衛門

伊太蔵は鉄斎から、折り畳んだ手紙を受け取る。

「これでよかったのでしょうか」

鉄斎は微笑んだ。

「伊太蔵さん。もう一度、又右衛門さんの手紙を読んでみてください」

伊太蔵は手紙を広げる。

「愚痴《ぐち》や言い訳がひと言も書かれていないでしょう。それは、又右衛門さんが前を向いている証《あかし》です」

伊太蔵の頬に涙が流れた。

「又右衛門さんの心の中にいる善人が勝ったのですね。みなさんのおかげです」

伊太蔵はその涙を拭った。

「私は、又右衛門さんに本当のことを告げなくてよいのでしょうか」

「又右衛門さんが、借りた金を返しに来たときに話せばいいと思います。いつになるかはわかりませんが」

お染は伊太蔵に酒を注いだ。

「又右衛門さんは笑って許してくれると思いますよ。それどころか、心からお礼を言ってくれると思います。よくぞ騙してくれた、ってね」

万造はお染に酒を注ぐ。

「金貸しのお染姐《ねえ》さんが言うんだから、間違《まちげ》えねえや。なあ、松ちゃん」

「ああ。あの下卑た化粧は、やりすぎだったけどな」

お染は鉄斎に――。

「旦那〜。そんなことないですよね。ねえ、旦那……」

「いや、あれは、ちと、やりすぎだったかもしれんなあ」

「ちょいと、旦那！」

厨《くりや》の前でそんなやりとりを眺めていたお栄は、ほくそ笑む。

「そうだよ。これが、おけら長屋なんだよ」

お栄はそう呟いて、胸に抱いていた盆をくるりと回した。

本所おけら長屋（十九）　その参

せんべい

一

家に戻ったお里《さと》の機嫌《きげん》は悪い。こんなとき八五郎《はちごろう》は、とばっちりを食わないように何も話しかけない。

「まったくもう。子供は子供らしくしろってんだよ」

八五郎は返事もせずに鼻毛を抜いている。

「腹が立つったらありゃしない……。あら、お前さん帰ってたのかい」

「ああ。今日は早く終わったもんだからよ」

八五郎は抜いた鼻毛を手拭《てぬぐ》いの上に並べて立てている。

「ちょいと、お前さん。そこにいたんなら、返事をするなり、泣くなり、笑うなりするのが亭主の役目じゃないのかい」

「そんな役目があるなんざ、聞いたことがねえなあ」

「とにかく、あたしの話は聞いてもらうからね」

お里は、八五郎の前にどかりと座った。

お里は、南森下町《みなみもりしたちょう》にある絹問屋《きぬどんや》、成戸屋《なるとや》での仕事を終え、おけら長屋に帰る途中だった。長桂寺《ちょうけいじ》の近くにある草むらで何やら騒ぎが起こっているようだ。

「侍《さむらい》の子だからって生意気なことを言いやがって」

「侍が聞いて呆《あき》れらあ。食い詰め浪人《ろうにん》のくせによ。町人を馬鹿《ばか》にするんじゃねえや」

「お前の家なんかより、おいらの家の方が、よっぽどまともなものを食ってらあ」

十歳くらいだろうか、三人の子供たちはその場から走り去っていく。お里がそこを通りかかると、一人の男の子が座り込んでいた。口元からは血が流れている。

「ど、どうしたんだい。あいつらにやられたのかい」

その子は、お里を睨《にら》んだ。

「男のくせに、三人で一人をやるなんて情けない奴《やつ》らだねえ」

その子の目尻からは涙が流れる。悔《くや》し涙なのだろう。お里は手拭いを差し出した。

「これで、血を拭《ふ》きなよ。長桂寺の境内《けいだい》に手水場《ちょうずば》があるだろう。あそこで濡《ぬ》らして、殴《なぐ》られたところを冷やせばいいよ」

その子は手拭いを受け取らずに横を向いた。

「ほら」

お里はもう一度、手拭いを差し出す。

「私は武士の子です。施《ほどこ》しは受けません」

子供の言葉を受け流すことができないのが、お里だ。

「一丁前《いっちょまえ》の口を聞くんじゃないよ。何が施しだい。そんなに大層《たいそう》なもんじゃないだろう。ほら、使いなよ。武士の子がそんな顔をしてたらみっともないだろう」

お里は手拭いを握らせた。

「それでは、お住まいを教えてください。後ほど、お返しにあがります」

「だから、そんなに大層なもんじゃないって言ってるだろう」

「ならば、この手拭いは受け取れません」

お里は苦笑《にがわら》いを浮かべる。

「はいはい、わかったよ。あたしはね、亀沢町《かめざわちょう》にあるおけら長屋に住む、左官《さかん》の八五郎の女房《にょうぼう》で、お里さんっていうんだ。これで気が済んだだろ。いいかい。ちゃんと傷口を冷やすんだよ。その手拭いには煎餅《せんべい》が挟《はさ》んであるから、後で食べな」

お里はその場を後にした。


八五郎は拳《こぶし》で床《ゆか》を叩《たた》いた。

「許せねえ」

「ちょいと、お前さん。確かにあたしの機嫌は悪くなったけど、お前さんがそこまで怒ることはないだろう」

「三人で一人を殴るなんざ、ガキとはいえ、江戸《えど》っ子の面汚《つらよご》しでえ」

お里は呆れる。

「そっちかい。あたしはねえ、殴られた方の話をしてるんだよ。まあ、いいや。

お前さんに話したら、気持ちもだいぶ治まってきたから。今日は三祐《さんゆう》には行かないのかい。それなら、そこで佃煮《つくだに》を買ってきたから、一本つけようか」

「おう。そうしてくれや」

お里は土間《どま》に下りた。

「御免《ごめん》」

外から声がするので、お里は引き戸を開けた。そこには貧相《ひんそう》な武士が立っている。浪人なのだろう。

「左官の八五郎殿のお宅はこちらでござるか」

「そうですけど……。見ての通り、お宅ってほどのお宅じゃございませんけどね。ところで、どちら様でしょうか」

男は背筋《せすじ》を伸ばした。

「拙者《せっしゃ》は緑町《みどりちょう》三丁目の丸髷《まるまげ》長屋に住む、浪人、大友平太郎《おおともへいたろう》と申す」

お里には、顔にも名前にも覚えがない。

「倫太郎《りんたろう》。この女人《にょにん》で間違いないか」

大友平太郎の後ろから男の子が顔を出した。お里はその子を見て声を上げる。

「あっ、さっきの……」

平太郎は頷《うなず》いた。

「間違いないようだな。先程はこの倫太郎が世話になったそうで、お礼を申し上げる」

お里は恐縮する。

「そんな、お礼だなんて……」

「倫太郎は仮にも我が大友家の嫡男《ちゃくなん》。子供とはいえ、町人に面体《めんてい》を傷つけられたとあっては武門《ぶもん》の恥。どうか、このことは内密に願いたい」

お里は呆気《あっけ》にとられている。

「この手拭いはお返しいたす。それから、煎餅を頂戴《ちょうだい》したそうであるな。貧しい暮らしはしておるが、物乞《ものご》いのような真似《まね》はできん。煎餅もお返しいたす」

平太郎は紙包みを差し出す。煎餅が入っているのだろう。

「ちょいと待ってくんな」

八五郎は立ち上がると、土間に下りていく。

「お武家《ぶけ》さん。たかだか煎餅《せんべえ》一枚《めえ》で、野暮《やぼ》なことを言うのはやめましょうや」

平太郎は表情《かお》を変えない。

「施しに大小はござらん」

温和だった八五郎の表情が険《けわ》しくなってくる。

「お武家さん。武門の恥とおっしゃってますけどね。江戸っ子にも意地ってもんがあるんでさあ。一度、差し出したものを返《けえ》してもらうなんざ、江戸っ子の恥。先祖の助六《すけろく》様に対《てえ》して面目《めんぼく》が立たねえんだよ」

「たかだか煎餅一枚ではござらぬか」

「そんなもんに大小なんざねえんだよ」

お里が間に入る。

「お前さん。それじゃ、言っていることがあべこべじゃないか」

お里は平太郎に――。

「それじゃ、この煎餅は返してもらいますから」

八五郎は、お里を払い除《の》ける。

「おめえは引っ込んでろい。お武家さんよ。その煎餅は受け取らねえよ。物乞いじゃねえってんなら、そのへんの犬にでもくれてやってくんな」

平太郎の表情《かお》も険しくなってくる。

「何という言い草だ。武士を愚弄《ぐろう》する気か」

「愚弄も、五郎《ごろう》も、六郎《ろくろう》もねえや。あっしは八五郎ってんだがよ。一度出したものは引っ込められねえって言ってるんでえ」

「問答無用」

平太郎は煎餅の入った紙包みを足下《あしもと》に置くと、背を向ける。

「帰るぞ、倫太郎」

「おう。待ちやがれ。こんなところに煎餅を置きやがって。犬や猫じゃねえってんでえ」

平太郎は振り向くことなく歩いていった。

松吉《まつきち》の家で、万造《まんぞう》、松吉、島田鉄斎《しまだてっさい》の三人が呑《の》んでいると、荒々しく引き戸が開く。

「こういう気遣《きづけ》えのねえ音を立てるのは、この世の中で一人しかいねえなあ」

「ああ。名を言うまでもねえや」

入ってきたのは、もちろん八五郎だ。

「鉄斎の旦那《だんな》。やっぱりここにいたんですかい」

八五郎は座敷《ざしき》に上がり込むと、松吉が手にしていた湯飲み茶碗《ちゃわん》を奪い取って、酒を呑みほした。

「まったく、礼儀ってもんを知らねえからなあ。それで、旦那に何か用があるんですかい」

八五郎は鉄斎の前に筆と紙を置いた。

「ちょいと、手紙を書いてほしいんでさあ。つまり、その……、たいへん結構な煎餅をもらったんで、そのお返しでございます。みてえなことを、もっともらしく書いてもらいてえんで」

万造は湯飲み茶碗を持ってきて八五郎の前に置き、酒を注《つ》いだ。

「なんでえ、そりゃ」

「じつはよ……」

八五郎は大友平太郎との一件を話した。

「このままにしたら、何とも癪《しゃく》じゃねえか。だからよ、あの煎餅一枚を頂戴したお礼だってんで、手紙を添えて煎餅を一箱お届けするってわけよ」

　松吉は呆れる。

「ちょっと待てや。煎餅を一枚頂戴したって、元々はお里さんが子供にやった煎餅じゃねえか」

「うるせえ。こうなったら、そんなこたあ、どうだっていいんでえ。こっちの気が済むか、済まねえかだ」

　万造は大笑いする。

「わははは。武士と江戸っ子の意地の張り合いってか。面白《おもしれ》えじゃねえか。旦那、書いてやってくだせえよ」

　松吉も乗り気だ。

「そうですよ、旦那。どうなるか、見ものじゃねえですか」

　鉄斎は筆と紙を手にした。

「それもそうだな。それじゃ、書いてみるとするか」

　しばらく思案していた鉄斎だが、筆を動かし始める。三人はその動きを見守ったが、読むことはできない。書き終えた鉄斎は、その紙を両手に持って広げ、そして読み上げる。

「先日は、結構な煎餅を頂戴し、お礼を申し上げます。これは些細《ささい》なものですが、お礼でございます。――亀沢町　おけら長屋　八五郎……」

鉄斎は手紙を畳《たた》みながら――。

「あまり長くても、小難しくても、八五郎さんらしくないだろう。こんなところでよいのではないかな」

八五郎は満足気だ。

「何だかよくわからねえが、いいじゃねえですか。ご丁寧《ていねい》だが、馬鹿にされてるような気もすらあ。なあ、万松《まんまつ》のお二人さんよ」

「慇懃《いんぎん》無礼《ぶれい》ってやつかい」

「なんでえ。その、いんきん何とかってえのは……」

万造は、その問いには答えず、八五郎に酒を注ぐ。

「それで、煎餅はどうやって届けるんでえ」

「おれが持っていきゃあ、また、押し問答になっちまうからよ。煎餅屋に届けさせるつもりでえ」

「ああ。その方がいい。八五郎さんが出向けば、余計なことを言っちまって、斬《き》られるかもしれねえからな」

「そりゃ、それで面白《おもしれ》えけどよ。わははは」

八五郎は酒を呑みほした。


三日後――。

松吉の家で呑んでいるのは、同じ顔ぶれだ。万造は三人に酒を注ぐ。

「煎餅は、その大友平太郎って浪人のところに着いたのかねえ」

八五郎はその酒を呑みほす。

「相生町《あいおいちょう》にある草加屋《そうかや》に頼んだから、昨日には着いてるはずでえ。へへ。ざまあみやがれ。あの大友とかいう浪人、どんな顔をしたか見たかったぜ」

松吉は唸《うな》る。

「だがよ、その浪人は、お里さんが子供にやった、たった一枚《いちめえ》の煎餅をわざわざ返《けえ》しに来た融通《ゆうずう》の利《き》かねえ野郎《やろう》だぜ。また、返しに来るんじゃねえのか」

「そのときは、そのときでえ」

引き戸が少し開いた。

「八五郎さんはここにいるのかい」

お咲《さき》の声だ。

「あっ、いたいた。お里さんも留守のようだったからさ」

お咲はだれかに向かって声をかけた。

「八五郎さんなら、ここにいますよ」

万造は膝《ひざ》を叩く。

「き、来やがった。その浪人に違《ちげ》えねえ。聞きしに勝《まさ》る野郎だぜ」

八五郎は構える。引き戸から顔を見せたのは浪人ではなく、どこから見ても店《たな》の小僧だ。

「草加屋の丁稚《でっち》じゃねえか。金はちゃんと払ったはずだがよ」

「あのう……。おけら長屋の八五郎さんにお届けものです」

小僧は大きな風呂敷包《ふろしきづつ》みを置くと、足早に去っていった。

「な、なんでえ。藪《やぶ》から棒《ぼう》によ」

八五郎が風呂敷の結び目を解《ほど》くと、箱の上には封書《ふうしょ》が載っている。八五郎が封を開いて書状を広げる。

「達筆《たっぴつ》で読めやしねえ。旦那、ちょいと読んでもらえますかい」

　松吉は小声《こごえ》で――。

「達筆じゃなくても読めねえだろうがよ」

「うるせえ」

　八五郎は鉄斎に手紙を差し出した。

「結構な煎餅を頂戴し、お礼申し上げる。これはお返しでございます。ご笑納《しょうのう》いただければ幸いです。――緑町　丸髷長屋　大友平太郎」

　八五郎はその箱を見つめる。

「しょうのうってえのは、簞笥《たんす》に入れるアレですかい。こんなには使えねえなあ。第一《でえち》、簞笥もねえし、着物もねえ」

　松吉はずっこける。

「煎餅屋の小僧が樟脳《しょうのう》を持ってくるわけがねえだろ。なんとなく察しがつくだろうがよ。快《こころよ》く受け取ってくだせえってことでえ」

　鉄斎は笑う。

「まあ、そういうことだな」

松吉はその箱を持ち上げた。

「煎餅の箱が三つ重なってるぜ」

万造は唸る。

「うーん……。こりゃ、相手の方が上をいってるってことだぜ。一本取られたな。八五郎さんよ」

八五郎の顔は赤くなってくる。

「あの野郎……」

八五郎はその箱を松吉から奪い取ると立ち上がった。

「ど、どうするんでえ」

「決まってるじゃねえか。叩き返《けえ》してくるのよ」

万造と松吉は両脇から、八五郎の半纏《はんてん》の裾《すそ》を引っ張って座らせる。

「落ち着けよ。そんなことをしたら、負けを認めたことになるぁ。なあ、松ちゃん」

「そうでえ。相手の思う壺《つぼ》だ。それを聞いた世間《せけん》の奴らは何て思う。八五郎ってえのは馬鹿なだけかと思ったが、とんでもねえ野暮な野郎だって笑われることになるんだぜ。ねえ、旦那」

「その通りだな。八五郎さんにとって〝野暮〟と言われるのは死ぬより辛《つら》いことだろう」

八五郎はその場に座り込む。万造が箱を開くと、中には煎餅が詰められていた。

「気骨《きこつ》ありげな浪人だと思っていたが、なかなか乙《おつ》な真似《まね》をするじゃねえか。どうするよ、松ちゃん」

「煎餅を五箱届けるってえのは芸がねえ。粋《いき》な手立てを考《かん》えてえもんだなあ」

「まあ、焦《あせ》るこたあねえだろう。相手に勝ったと思わせて、悦《えつ》に入ってるところに、どんでん返しといこうじゃねえか。ゆっくり考えようぜ」

万造と松吉は酒を呑みほした。

二

酒場三祐で松吉、八五郎、鉄斎が呑んでいると、したり顔でやってきたのは万造だ。右手には風呂敷包み、左手には五合徳利《ごんごうとくり》を下げている。松吉はそれを指差して――。

「なんでえ、そりゃ。重箱《じゅうばこ》みてえだな」

「みてえだな、じゃなくて重箱でえ。しかも二段のよ」

万造は風呂敷の結び目を解いて、上段の蓋《ふた》を開ける。

「おお。豪勢《ごうせい》なものが入《へえ》ってるぜ。玉子焼きに、焼き魚。黒豆に蒲鉾《かまぼこ》ときてらあ。まるで正月じゃねえか。下の箱はよ……。おお。煮物だぜ」

松吉と八五郎は喉《のど》を鳴らす。

「どうしたんでえ。相模屋《さがみや》の隠居《いんきょ》でも死んだのかよ」

八五郎は頭《かぶり》を振る。

「残念だが、そんなわけはねえ。今朝《けさ》、井戸で顔を洗ってたからよ。万造。どこからくすねてきたんでえ」

万造は蓋を閉める。

「八五郎さんよ。くすねてきたとはご挨拶《あいさつ》じゃねえか。さっき、大家《おおや》のところに木田屋《きだや》の旦那が来たと思いねえ。いつもなら、丁稚がお供《とも》をしてくるだろう。ところが今日は木田屋の旦那一人だった」

松吉は頷く。

「いつもは、丁稚が料理やら、酒を持たされてるからな」

「そうでえ。木田屋の旦那が大家の家に入《へえ》って、しばらくすると、丁稚がこの重箱と酒を手に下げて歩いてきたと思いねえ」

「なんだか、オチが見えてきたが続けてくれ」

「おれは、丁稚に声をかけた。木田屋の旦那はちょいと出かけるってよ。丁稚が来たら料理と酒を預かってくれって頼まれたんでえ、ってよ。それがこの重箱でえ」

八五郎は呆れ返る。

「くすねてきたより、ひでえじゃねえか。おう。万造……」

「な、何でえ」

「早《はえ》えとこ食っちまおうぜ」

万造と松吉はずっこける。

「こんな豪勢な料理と酒は、年寄りには毒ってもんだからよ」

「食い意地が張ってやがるなあ。この重箱は八五郎さんのために持ってきたんだぜ」

「それなら、早く食わせろ」

万造は溜息《ためいき》をつきながら風呂敷を結ぶ。

「旦那ならわかりますよね。八五郎さんに教えてやってくだせえや」

鉄斎はしばらく考えてから――。

「なるほど。そういうことか。この豪勢な料理と酒を、左官の八五郎さんからですといって、大友平太郎さんに届けたら……」

八五郎の目が輝く。

「大友平太郎に……。そ、そいつあ、いいや。奴《やっこ》さん、この料理を見たら腰を抜かすぜ。万造、でかしたな」

「何が、でかしたでえ。てめえが食おうとしてたくせによ。本音を言やあ、おれだってこの酒が呑みてえ。料理が食いてえ。それを我慢して、八五郎さんの男を立ててやろうってんじゃねえか。ありがてえと思えってんだ。それから……」

「何でえ」

「後で大家から問い詰められたら、八五郎さんがやったってことにしてくれよ。いいいな」

「えっ……。金太《きんた》がやったってわけにはいかねえのか」

「ふざけるねえ。なら、この料理と酒は大家のところに持っていくぜ」

「わかった。腹に背は代えられねえ」

「腹と背が逆だろうがよ」

「たいした違《ちげ》えじゃねえだろう。それで、この料理と酒はどうやって大友平太郎に届けるんでえ」

万造は片膝をついて立ち上がろうとする。

「おれが届けてくらあ。その大友平太郎ってえのが、どんな野郎なのか見てみてえからよ。緑町三丁目の丸髷長屋だったたな。あそこなら、四半刻《しはんとき》（三十分）もかからねえで戻ってこれるだろうよ。楽しみにして待っててくれや」

万造は風呂敷包みと徳利を持って立ち上がった。

万造は思いのほか、早く帰ってきた。両手には何も下げてはいない。八五郎の腰は浮く。

「そ、それで、大友平太郎はいたのか」

「ああ。傘張《かさは》りをしてたぜ」

「奴さん、素直に受け取ったのか」

万造は腰を下ろすと、松吉が注いだ酒を吞む。

「左官の八五郎さんから、煎餅のお礼をお届けに参《めえ》りやしたって言うと……。風呂敷包みの中を拝見、とか吐《ぬ》かしてから、重箱の蓋を開けて中を見やがった」

「ふふふ。恐れ入ったって面《つら》をしていやがっただろう」

「それがよ、ここに連れてこいって……」

「だれを」

「八五郎さんに決まってるじゃねえか」

「いつ」

「今すぐ」

「な、なんだと……。じょ、上等じゃねえか。こちとら江戸っ子でえ。逃げも隠れもしねえや」

松吉は八五郎の半纏の袖《そで》をつかむ。

「やめとけよ。傘張りをしてたってことは、貧乏浪人ってことでえ。食ったこともねえ料理を見せつけられて、馬鹿にされたと思ったに違《ちげ》えねえ。武士の面目にこだわるってんなら、なおさらでえ。殺されに行くようなもんじゃねえか」

「うるせえ。男ってえのはなあ、てめえのやったことには、てめえで落とし前《めえ》をつけなきゃならねえんだよ」

万造は酒を噴き出す。

「笑わせるねえ。さっきは金太に押しつけようとしたくせによ」

「あれは洒落《しやれ》じゃねえか。おれは行くぜ。だがよ、おとなしく斬られるわけにはいかねえ。喉元《のどもと》に嚙《か》みついて食いちぎってやらあ」

八五郎は立ち上がった。松吉は八五郎の半纏から手を離《はな》す。

「こうなると見境《みさかい》がつかねえからなあ。旦那、どうしますか」

鉄斎は静かに湯飲み茶碗を置いた。

「まさか、いきなり刀を抜くことはあるまい。まあ、私が一緒に行くこともできるが」

八五郎は目を瞑《つぶ》った。

「旦那の手を借りることはできねえ。それが男ってもんです」

万造と松吉は小声で——。

「役者にでもなった気なんだろうよ」

「酒にじゃなく、てめえに酔《よ》ってるんでえ」

八五郎は深々と頭を下げる。

「不器用《ぶきよう》な男だとお笑いください。こんな生き方しかできねえ男なんでさあ。おう、万松のお二人さん。おれにもしものことがあったら、お里のことは頼んだぜ」

「冗談じゃねえや。あんな早とちりの女なんか面倒《めんどう》みきれねえぜ」

「おまけに酒癖《さけぐせ》も悪いときてらあ」

そんな言葉は耳に届かないようで、八五郎は出ていった。と、思ったら戻ってくる。

「緑町何丁目の、何ていう長屋だったたっけな」

万造と松吉はひっくり返った。

八五郎は丸髷長屋の路地《ろじ》に入り、井戸端《いどばた》にいた老婆《ろうば》に大友平太郎の家を尋ねた。

「大友さんの家なら、右側の一番奥だよ。珍しいねえ。人が訪ねてくることなんか滅多《めった》にないからね」

八五郎は平太郎の家の前に立ち、大きく息を吐き出した。

「ごめんくだせえ」

「どなたかな」

「左官の八五郎と申しやす」

「お入りください」

八五郎は中に入った。殺風景《さっぷうけい》な部屋だった。土間の隅《すみ》には何本かの傘が立てられている。張り終えた傘だろう。平太郎は座敷に座っていた。その前には、万造が届けた重箱と五合徳利が置いてある。

「どうぞ、こちらにお座りください。倫太郎。座布団《ざぶとん》を用意しなさい」

倫太郎は平太郎の正面に座布団を置いた。

「申し訳ねえが、正座なんて野暮なことはできねえんで、胡坐《あぐら》をかかせてもらいますぜ」

八五郎は乱暴に腰を下ろす。

「ところで、あっしにどんな御用があるんで……。刀を抜くなら、抜くと言ってくだせえよ。こっちにも飛びかかる支度《したく》ってもんがあるんで……」

平太郎の表情《かお》が緩《ゆる》んだ。

「八五郎殿とこの酒を呑み、料理を食そうと思い、お呼び立ていたした」

「あ、あっしと酒を……。そりゃ、どういうことで……」

「お恥ずかしい話でござるが、浪人となり江戸に出てきてからまだ日も浅く、知り合いもおりません」

平太郎は、ばつの悪い表情をして頭を掻《か》いた。

「煎餅一枚にこだわる野暮な武士でござる。くだらぬ意地を張っていることくらいわかっておりましたが、後に引けぬのが、某《それがし》の小さいところ。煎餅がひと包み届いたときに、即座に三箱お返ししたけれども、ふと我に返りましてな。このやりとりが、江戸のお人との初めての関わりじゃないか、と」

座敷の隅に正座している倫太郎を見て――。

「このような貧乏暮らしをしてはおりますが、武士は武士。特に嫡男の倫太郎には卑屈《ひくつ》になってほしくないと思い、武士としての矜持《きようじ》を忘れぬよう、日ごろから厳しく言い聞かせております。これまでの失礼を、お許し願いたい」

倫太郎も、平太郎に合わせて頭を下げた。

「偉《えれ》え」

八五郎は膝を叩いた。

「それで、たった一枚《いちめえ》の煎餅を突っ返《けえ》しに来たってわけですかい。乙なことするじゃねえか。おれは嫌《きれ》えじゃねえ。江戸っ子だって同じなんでさあ。どんなに貧乏だろうが、馬鹿だろうが、守らなきゃならねえ決まり事ってもんがあるんで。一度出したものは、たとえ、それが煎餅一枚でも、引っ込めるわけにはいかねえんですよ」

「なるほど。それでは、これを続けていたら儲《もう》かるのは煎餅屋だけですな」

「違《ちげ》えねえや」

平太郎と八五郎は大声で笑った。

「先日、八五郎殿の物言い、振る舞いなどを拝見し、気骨のある御仁《ごじん》だとお察ししました。先程も申しましたが、このあたりに知り合いもなく、このような料理、倫太郎と二人ではとても食べ切ることはできません。それに、一緒に呑み食いすれば施しを受けたことにはなりますまい。ぜひ、ご一緒していただければありがたい」

平太郎は丁寧に頭を下げた。

「と、とんでもねえ。あっしだって、こんな豪勢な料理は正月にだって食ったことはねえ。それじゃ、ご相伴《しょうばん》にあずかりやす。倫太郎さんもこっちに来て食べましょうや」

平太郎は倫太郎を見て頷いた。倫太郎は三人分の皿と箸《はし》を持って席についた。

平太郎は五合徳利を持ち上げる。

「盃《さかずき》などという気の利いたものはありません。湯飲み茶碗で勘弁してくだされ」

「盃なんていうチマチマしたもんなんかじゃ、呑めませんや」

酒を注いでもらった八五郎は、五合徳利を奪うようにして取り、平太郎の湯飲み茶碗に酒を注ぐ。

「拙者は嗜《たしな》む程度なので……」

「いいじゃねえですかい。ほれ、ぐーっといってくだせえや」

「父上……」

倫太郎は小さな声を洩《も》らした。

「倫太郎。心配するな。今日はじつに気分がよい。お前も遠慮なく料理をいただくがよい」

平太郎と八五郎は湯飲み茶碗を合わせた。

「うむ。美味《うま》い酒だ」

「ぷは〜。五臓六腑《ごぞうろっぷ》に染《し》み渡るってやつだ。さすがは木田屋宗右衛門《そうえもん》。いい酒を呑んでいやがるぜ」

「その、木田屋宗右衛門というのは……」

「い、いや。こっちの話でして。さ、さあ。どんどんいきましょうや」

八五郎が平太郎に酒を注ぐと、倫太郎は表情《かお》を曇《くも》らせた。もちろんそんなことに気づく八五郎ではない。

「大友さんは、江戸に出てきなすってから日が浅いとおっしゃってやしたが、どちらから出てこられたんで……」

平太郎は何も言わない。浪々の身となり、江戸で貧しい長屋暮らしをしているからには、話したくないことも多いはずだ。

「申し訳ねえ。あっしはこの通りがさつな男なんで。聞かなかったことにしてくだせえ」

平太郎は湯飲み茶碗に口をつけた。

「拙者は出羽国《でわのくに》のとある藩《はん》におりましたが、主家《しゅけ》が取り潰《つぶ》しになり、倫太郎と二人で江戸に出てまいりました」

平太郎は倫太郎に目をやる。

「これの母親は、五年前に病《やまい》で亡くなりまして」

「そうですかい。男手ひとつで倫太郎さんを育てるのは大変《てえへん》だったでしょう」

平太郎は何も答えなかった。

「出羽国ってえのは雪深《ゆきぶけ》えところだと聞いたことがありやすが」

平太郎は湯飲み茶碗を置いた。

「その通りです。冬になれば身動きがとれず、仕官《しかん》の先も容易に見つけることはできません。江戸に行けば、何かよい話があるのではないかと思ったのですが……」

八五郎は酒を呑みほす。

「まあ、江戸にはあちこちに藩の江戸屋敷がありやすからねえ。江戸《えど》詰《づめ》になる藩士の口があるかもしれやせんね」

平太郎はまた酒に口をつけた。

「拙者はもう、どうでもよいのですが、この倫太郎だけは……。どんな下役《したやく》でも構いませんから、武士として身を立てさせたいと願っております」

「大友さんのことだって、どうでもよかねえでしょう。そんな寂しい言い方をしねえでくだせえよ」

「とにかく、倫太郎が武士として身を立てるには、学問か剣術が欠かせぬと思うのですが、このような貧乏暮らしでは、学問所にも剣術道場にも通わせることができません」

八五郎の表情《かお》は明るくなる。

「学問所なんてえところには生涯《しょうげえ》、縁がありませんがね、剣術道場なら知り合いがいやす……」

「それは真《まこと》でござるか」

「あっしの住んでる長屋に島田鉄斎という浪人がいましてね。まあ、あっしたちとは身内同然の間柄なんですがね。林町《はやしちょう》にある誠剣塾《せいけんじゅく》って剣術道場で指南役《しなんやく》をやってるんでさあ。剣の腕も人柄も天下一品です。なんなら、話してみましょうかい」

「しかし、門弟にしていただくには金子《きんす》が……」

「倫太郎さんの歳《とし》じゃ、入門させてもらえるかわからねえが、とにかく、あっしに任せてくだせえ。さあ。難しい話はこれくれえにして呑みましょうや。倫太郎さんも食べてくだせえよ」

八五郎は酒を呑み、料理を食べる。

「しかし、大友さんの人を見る目は確かだ。驚きましたぜ。さっき、あっしのことを、名代《なだい》の江戸っ子で、何事にも動じねえ、粋で鯔背《いなせ》な気骨のある男だと。その通りなんでさあ。人の目ってえのはごまかせねえもんだなあ。わははは。大友さんも遠慮しねえで、呑んでくだせえよ。ほら……。あっ、こりゃ、あっしの湯飲み茶碗だった。わはははは」

八五郎は調子に乗って呑みまくる。

「あっしは、すっかり大友さんのことが好きになっちまいましたよ。だって、そうじゃねえですか。あっしは斬られるかもしれねえと思ってここに来たんでえ」

平太郎は聞き役に回っている。

「煎餅一枚《いちめえ》を返《けえ》しに来た頑固者《がんこもん》だからよ。こんな料理と酒を届けたらどうなることかと思ったんですが、あっしに来いってんでしょう。あっしの仲間たちは、斬られに行くようなもんだって止めたんですがね、なんてったって、あっしは気骨のある男ですぜ。逃げも隠れもしねえ、粋で鯔背な男なんでね。わはははは」

平太郎は八五郎の湯飲み茶碗に酒を注いだ。

「そうしたら、一緒に呑もうだとよ。なんとも乙な話じゃねえですかい」

八五郎は茶碗酒をあおる。

「それに、大友さんは優しい。町人に威張《いば》り散《ち》らすのと、武家の矜持とは違うんでえ。大友さんは、そこんとこをちゃんとわきまえてる。立派じゃねえか」

　平太郎の表情《かお》はにこやかだ。

「いやいや。拙者は仕官するあてもない貧乏浪人です。立派などとはとんでもない。八五郎殿こそ、斬られる覚悟でやってくるとは、見上げたものです。それが江戸っ子というものなのですな」

　上機嫌になった八五郎は、さらに酒を呑む。

「あのー、ごめんくだせえ」

　声の主は万造だ。八五郎は湯飲み茶碗を置く。

「おう。万造か。入《へえ》ってこいや」

　引き戸を開いた万造の後ろには松吉もいる。

「な、何でえ。斬り殺されたころだと思って、亡骸《なきがら》を引き取りに来たのによ」

「入ってこいやって、てめえの家みてえに言ってやがる」

「だいぶ、できあがってるみてえだぜ」

「てめえで落とし前《めえ》をつけるが、聞いて呆れらあ」

　八五郎は上機嫌だ。

「何をごちゃごちゃ抜かしてやがる。こっちに来て、おめえたちも呑め。大友さん。同じ長屋に住む万造と松吉です。あっしの手下《てした》みてえなもんでして」

「ふざけるねえ。おれたちがいつ、手下になったんでえ」

「照れることあねえだろう。大友さん。この万造が、この酒と料理を盗んできたんで。褒《ほ》めてやってくだせえ」

平太郎は箸を置いた。

「盗んできた……。孔子《こうし》は、渇《かつ》しても盗泉《とうせん》の水を飲まず。どんなに困窮《こんきゅう》しても、盗んだ酒や料理を呑み食いするなどは許されぬ……」

「そんな硬《かて》えことは言わねえでもいいじゃありやせんか。腹の中に入《へえ》っちまえば同じじゃねえですか」

平太郎は胸をおさえる。

「う、ううう……」

八五郎は感心する。

「さすがは武士の鑑《かがみ》だ。盗んだ酒と料理を吐き出そうとしてるぜ」

万造と松吉も感心する。

「まるで、鵜《う》じゃねえか」

「武士じゃなくて、鵜士《うし》だぜ」

倫太郎は慌《あわ》てる。

「ち、父上。父上。大丈夫ですか」

倫太郎は平太郎を抱きかかえるようにする。

「父は心《しん》の臓《ぞう》が悪く、酒は止められていたのです」

三人は同時に――。

「な、何だと〜」

平太郎は顔をしかめ、前に崩れ落ちた。万造は松吉に――。

「すぐ、聖庵堂《せいあんどう》に運ぶんでえ。松ちゃん。どっかから大八車《だいはちぐるま》を借りてきてくれ」

松吉は飛び出していく。万造は部屋の隅に積まれていた布団《ふとん》を敷《し》く。

「八五郎さん。ボケッとしてるんじゃねえ。この上に寝かせて、布団ごと大八車に乗せるんでえ。グズグズするねえ」

平太郎は聖庵堂に運ばれた。

三

平太郎は離れの座敷で手当《てあて》を受けているようだ。聖庵が控えの間に戻ってくると、万造、松吉、八五郎の三人は一斉《いっせい》に立ち上がる。

「先生……」

聖庵は手拭いで額《ひたい》の汗を拭うと、腰を下ろした。

「薬が効《き》いて、今は落ち着いている。万造と松吉が一緒でよかった。機転《きてん》だけは利くからのう。もう少し遅かったら命を落としていたかもしれん」

万造は肩の力を抜いた。

「八五郎さんにはまいるぜ。調子に乗って病人に酒を吞ませてよ。なあ、松ちゃん」

「まったくでえ。しかも、大友さんの具合《ぐええ》が悪くなったら、おろおろするばかりでよ。倫太郎って倅《せがれ》の方が、よっぽど役に立つぜ」

八五郎の背中は丸くなる。

「だが、一緒に呑んでたのが八五郎さんでよかったぜ。あらかた、てめえが呑んじまって、大友さんの呑む酒が、ほとんどなくなっちまったからよ」

「まったくでえ。卑《いや》しいからよ。他人《ひと》の酒だと浴《あ》びるように呑みやがる」

八五郎の背中はさらに丸くなる。お満《まん》が部屋に入ってきた。

「大友さんは眠ったようです。側《そば》には息子さんがついていています」

「それで、どうなんでえ。大友さんの具合はよ」

万造の問いに答えてよいのか、お満は聖庵を見る。聖庵は小さく頷いた。

「心の臓は昔から悪かったみたいね。浪人になって、気苦労も重なったのかしら……。よくないわね」

「よくねえって……」

「長くは生きられないと思う」

丸くなっていた八五郎の背筋が伸びる。

「そりゃ、どういうことでえ。せ、聖庵先生。女先生の診立《みた》ては間違ってるんだろ。聖庵先生よ」

「残念ながら、お満の言う通りだ」

「ふざけるねえ。そんな馬鹿な話があるけえ」

松吉が八五郎の半纏を引っ張る。

「でけえ声を出すんじゃねえよ。離れに聞こえちまうじゃねえか」

聖庵は煙管《キセル》に火をつける。

「あの浪人は知っておる。自分の命が長くないことをな。わしに訊《き》いてきた。あと、どれくらい生きられるかと……」

お満は頷いた。

「息子さんも、なんとなくわかっているみたいだったわ」

万造は声を低くする。

「それで、聖庵先生は何て答えたんでえ」

聖庵は他人事《ひとごと》のように――。

「そんなことは、神のみぞ知ることだ」

「そりゃ、そう答えるしかねえな。それで、お満先生の診立てはどうなんでえ。一年なのか、三年なのか……」

お満は小さく息を吐いた。

「三月《みつき》もてば……。無理かなあ。今日のように具合が悪くなれば、次はどうなるかわからないわ」

「そんなに悪いのか……」

部屋は静まり返った。松吉は思い出したように――。

「それで、大友さんはどうするんでえ。今の様子じゃ、長屋に戻すわけにはいかねえだろ」

聖庵は立ち上がる。

「しばらくは離れで様子をみる。長屋には当分帰れんだろう。お満。頼むぞ」

「はい。それより、あの息子さんはどうしますか。離れで寝泊まりさせるわけにもいかないですし……」

八五郎がゆっくり立ち上がる。

「そいつあ、おれに任せてくれ。ちょいと、鉄斎の旦那に頼みてえこともあるしな。女先生よ。大友さんが目を覚ましたら、倫太郎さんは、八五郎が連れて帰《けえ》ったから心配《しんぺえ》しねえでくれと、伝えてくれや。頼んだぜ」

八五郎は倫太郎がいる離れに向かった。

酒場三祐の暖簾《のれん》は下ろされていたが、鉄斎は奥の座敷で呑んでいた。

「おお。八五郎さん。万松の二人が様子を見に行ってから音沙汰《おとさた》がないので、心配していたところだ。本当に斬られたのではないかとな」

一緒に入ってきた万造と松吉の後ろには、男の子が立っている。

「倫太郎さん。ここに来て座ってくだせえ」

倫太郎が鉄斎の前に座ると、八五郎は両手をついた。

「旦那。この倫太郎さんを誠剣塾に入門させてやってくだせえ。お願《ねげ》えします。そうでねえと、あっしの男が立たねえんでえ。この通りです」

少し離れたところに立っている万造が――。

「旦那はまるで意味がわからねえだろうなあ」

お栄《えい》は頷く。

「いきなりだもんねえ。あたしにも、さっぱりわからないわ」

鉄斎は、八五郎と倫太郎を交互に見る。

「八五郎さん。藪から棒にどうしたんだ」

「ですから、この倫太郎さんを旦那の門下生《もんかせい》にしてくだせえ。この通りです」

八五郎は頭を下げる。松吉は呟《つぶや》く。

「言ってることが、まるで同じでえ」

「答えになってないしね。旦那は余計にわからなくなるわ」

鉄斎は困惑する。

「このお子さんはだれなのだ」

「ですから、倫太郎さんで……」

万造は耳打ちをする。

「だから、名前《なめえ》を訊いてるんじゃねえんだよ」

「ねえ、そろそろ、あんたたちが話してあげた方がいいんじゃないの」

松吉が割り込む。

「八五郎さんよ。丸髷長屋に行ってからのことを、順繰《じゅんぐ》りに話したほうがいいんじゃねえのか」

「余計な口を挟むんじゃねえ。話がややこしくなるだけでえ」

鉄斎は苦笑いを浮かべる。

「そうかもしれんが、とりあえず、丸髷長屋に行ってからのことを話してくれんか」

「そうですかい。まあ、旦那がそう言うなら、話しましょう」

八五郎は丸髷長屋に大友平太郎を訪ねたときのことを話した。鉄斎は頷く。

「そうか。そんなことがあったのか」

万造と松吉は同時に腕を組む。

「八五郎さんってえのは、まんざら馬鹿じゃねえなあ」

「ああ。病人だと気がつかねえで酒を呑ませちまったことや、大友さんが倒れてからオタオタしちまって、何の役にも立たなかったくだりは、きれいに省《はぶ》いてるからなあ」

お栄は目を瞑る。

「その場面が、まるで見てきたように浮かんでくるけどね」

鉄斎は倫太郎に目をやった。倫太郎は目を伏せることなく、堂々としている。

「倫太郎さん。歳はいくつかな」

「十歳に相成《あいな》りました」

「剣の修行をしたことはあるのかな」

「す、少しだけですが……」

「かまわない。癖がついていない方が教えやすい」

倫太郎は両手をついた。

「何卒《なにとぞ》、門下生の一人に加えていただきとうございます」

「ただ、思い違いしてもらっては困る。剣の修行は相手を倒すためや、仕官するためのものではない。礼節《れいせつ》を学び、心身共《しんしんとも》に己《おのれ》を磨《みが》くことである。それがわかるかな」

鉄斎の言葉は倫太郎の心に響いたようだ。

「はい。心得ております。ただ……」

「どうした」

「恥ずかしながら、入門をさせていただくための金子がございません……」

八五郎が割って入る。

「倫太郎さん。金のことなら心配《しんぺえ》しねえでくだせえ。この八五郎に任せてくれりゃいいんでえ」

万造は囁く。

「こっちが心配するぜ」

「ああ。金も持ってねえくせに、いい恰好《かっこう》しちまってよ」

「そんなお金があるなら、ここのツケを払ってほしいんだけど……」

鉄斎は、八五郎がそのままにしていった湯飲み茶碗に酒を注いだ。

「八五郎さん。大友殿はしばらく聖庵堂で面倒をみてもらうことになるそうだが、倫太郎さんはどうするつもりだ」

「へい。大友さんが丸髷長屋に戻るまでは、あっしの家で面倒をみるつもりでさあ」

「そうか。それなら、倫太郎さんは私が預かる。剣の修行は毎日の暮らしからだ。それでよいなら、剣のいろはを教えることにしよう。ただし、飯《めし》を運んでもらえると助かるが」

「そんなこたあ、お安い御用で」

八五郎は倫太郎に尋ねる。

「どうしますかい」

倫太郎は背筋を伸ばした。

「お願いいたします」

鉄斎は冷めた酒を呑みほした。

・

翌日、八五郎は聖庵堂に行き、大友平太郎を見舞った。八五郎の顔を見た平太郎は布団から起きようとするが、お律《りつ》に止められる。お律は「何かあったら声をかけてください」と言い残し、部屋から出ていった。

「どうですかい。具合《ぐえぇ》は……」

平太郎は八五郎の問いには答えない。

「倫太郎が世話になっているそうで、何とお礼を申したらよいか……。まったくもって、情けない限りでござる」

「昨日もちょいと話しやしたが、あっしの長屋に剣術道場の指南役が住んでやして」

「確か、島田……、島田鉄斎殿と……」

「そうです。津軽黒石藩《つがるくろいし》で剣術指南役を務《つと》めていた凄腕《すごうで》で。その、鉄斎の旦那が倫太郎さんに剣術を教えてくれるそうです。倫太郎さんは、しばらく鉄斎の旦那と暮らすことになりやした」

「島田殿と……」

「剣の修行は毎日《めえにち》の暮らしからだとか言ってやしたが、いろいろ気を遣《つか》ってくれてるんでさあ。うちには、お里ってお節介《せっかい》な女がいるんでね。倫太郎さんの頭がおかしくなるんじゃねえかと思ってのことだと思いやす。あははは」

平太郎にとっては笑い事ではないことばかりだ。

「剣術道場に入門するには、金子が……」

「そんなこたあ、どうにでもなりやすから。気にしねえでくだせえ」

平太郎は天井《てんじょう》を見つめながら――。

「なにゆえですか」

平太郎は少しの間《ま》をおいてから繰り返した。

「なにゆえですか……。見ず知らずの私たち親子にそこまで……」

八五郎は笑った。

「見ず知らずじゃねえでしょう。うちのお里が倫太郎さんに煎餅をやった。大友さんがその煎餅を返《けえ》しに来た。それでやりとりがあって、あっしと大友さんが酒を呑んだんじゃありやせんか」

「たった、それだけのことで……」

「縁の始まりなんてえのは、そんなもんでしょうよ。付き合いが長《なげ》えか、短《みじけ》えか、武家か町人かなんて、どうでもいいこって……」

平太郎は、しばらく黙っていた。

「八五郎殿。拙者の病のことはお聞きになられましたか」

八五郎は、何と答えてよいのかわからない。

「気遣いは無用です。江戸に出てくる前、国元の医者に言われました。苦しんで倒れるようなことがあれば、三月はもたないだろうと。じつは先月も一度、倒れているのです」

「そのことを、聖庵先生には……」

平太郎は首を振った。

「拙者の命などはどうなってもよいのです。ただひとつ気がかりなのは倫太郎のことです。やはり江戸に出てくるべきではなかったのかもしれません。生き馬の目を抜く江戸で、十歳の子供が一人で生きていけるはずがありません。それを思うと……」

八五郎の眉《まゆ》が動いた。

「大友さん。あんたもわからねえ人だなあ。おれがいるじゃねえか」

「口で言うのは容易《たやす》いことです」

「おう。大友さんよ。江戸っ子をみくびってもらっちゃ困るぜ。こちとら、一度吐いた台詞《せりふ》は呑み込めねえんだよ。安心して死にやがれってんだ」

襖《ふすま》を開けたのはお律だ。

「八五郎さん。どうしたんですか。大きな声を出して。それも、死にやがれだなんて。そんなことを言うなら帰ってください」

八五郎は首をすくめる。

「す、すまねえ、お律さん。ちょいとした弾《はず》みでよ。申し訳ねえが、二人きりにしてくれ」

平太郎が頷くのを見て、お律は襖を閉めた。

「煎餅で始まった、武士と江戸っ子の勝負ですが、拙者の負けです。立場が逆だったら、拙者は八五郎さんと同じことは言えないと思います」

八五郎は優しい表情《かお》になった。

「へへへ。まだ勝負はついちゃいませんぜ。ですがね、あっしは負けません。何で負けねえか教えやしょうか。それはね、あっしが貧乏長屋で暮らしてる町人だからなんでさあ。どう転ぼうが失うものなんざ何にもありゃしねえ。貧乏人は助け合わなきゃ生きていけねえんですよ」

八五郎は少し胸を張った。

「あっしにはねえ、あっしが先走っても何とかしてくれる仲間がいるんでさあ。あっし一人で、倫太郎さんの面倒なんかみれるはずがねえ。でもね、みんながいればなんとかなるんでさあ。それが長屋の暮らしってもんですから」

平太郎の目尻から涙が流れた。

襖が開いて、顔を覗《のぞ》かせたのは、お律だ。

「おいおい。今度は泣かしちまったって小言《こごと》を言いに来たのかい」

「違いますよ。倫太郎さんが来たので……」

「おお。倫太郎さん。こっちに来て座りなせえ。おっ。木刀を持ってるんですかい」

倫太郎は平太郎の枕元に座ると、木刀を横に置いた。

「どうでしたかい。誠剣塾での稽古《けいこ》は……」

倫太郎は引き締まった表情《かお》をしている。たった一刻《いっとき》（二時間）ほどの稽古で少し大人になったようだ。

「はい。戸惑《とまど》うことばかりでしたが、島田先生が一から教えてくださいました」

「そうですかい。それはよかった」

「門人のみなさんも親切にしてくれました。それにしても……」

「島田の旦那は強《つえ》えってんでしょう」

「はい。掛かり稽古といって、門人たちが三人で一斉に掛かったのですが、あっという間に三人とも飛ばされてしまいました。恥ずかしながら、私には島田先生の竹刀《しない》の動きが見えませんでした」

平太郎は、目を輝かせて話す倫太郎の顔を見ながら——。

「島田殿はそれほどの剣客《けんかく》なのか……」

「はい。ですが、私は剣よりも島田先生の人柄に感服《かんぷく》いたしました。あれだけの剣客でありながら、威張ることもなく、自分を見せつけようともせず、ふらりと現れて、道場に温《ぬく》もりを残して消えていく。春の風のような方です」

八五郎は唸る。

「春の風か……。てえしたもんだ。その歳で旦那のことがわかるなんざ」

「この木刀は島田先生にいただきました」

倫太郎は、その木刀を握ると、宝物のように見つめた。

その夜、松吉の家で、万造、松吉、八五郎が呑んでいると、やってきたのは鉄斎だ。

「すまんが、私にも一杯、呑ませてくれんか」

松吉はすぐに場所を作る。

「倫太郎さんと一緒じゃ、酒を呑むわけにもいかねえからなあ」

「まったく、旦那も大変《てえへん》だぜ。八五郎さんが余計な仕事を作ってくれるからよ」

「それで、倫太郎さんはどうしたんですかい」

鉄斎は美味そうに酒を口にする。

「今日は誠剣塾で気も遣っただろうからな。横になったら、すぐに寝息を立て始めた」

万造は鉄斎に酒を注ぐ。

「考《かんげ》えてみりゃ、まだ、十歳の子供ですからね」

鉄斎は湯飲み茶碗を置いた。

「だが、倫太郎は利発《りはつ》な子だ。剣術の覚えも早いし、書物なども相当に読み込んでいる。大友殿の教えの賜物《たまもの》であろう」

黙っていた八五郎が──。

「旦那。あの大友って人のことなんですがね。あっしにはお天道様《てんとさま》がくれた巡《めぐ》り合わせのような気がしてならねえんですよ。江戸に知り合いもいねえ大友さんが、まだ十歳の倫太郎を残して死んじまう。あんまりじゃねえか。だから、お天道様がよ、おれに白羽《しらは》の矢を立てたんでえ。八五郎ならなんとかしてくれるってよ」

万造は酒をあおる。

「そんなわけねえだろう。お天道様なら、もうちょっとまともな野郎に白羽の矢を立てるだろうよ、と言いてえところだが、なんとなくわかるぜ。なあ、松ちゃん」

「ああ。大友さんは迷惑だと思ってるだろうがな」

「違《ちげ》えねえや。だが、切ねえ話だなあ……」

八五郎は鉄斎に酒を注いだ。

「旦那。倫太郎を一人前《めえ》の武士にするためには、どうすればいいんですかい。教えてくだせえ」

鉄斎はその酒をゆっくり呑んだ。

「やはり、養子縁組だろうな。跡取《あとと》りのいない武家は多い」

万造は唸る。

「そんなときは、縁者の部屋住みとかを養子にするんじゃねえんですかい。その方が何かと安心でえ。倫太郎は名もねえ浪人の子ですぜ」

「だが、その逆もあると。縁者だけに後々、面倒なことが起きることもあるからな。それに、人物を見極《みきわ》めた上で養子に迎えたいと思う者もいるはずだ」

八五郎は万造に――。

「春助《はるすけ》に頼んで、読売《よみうり》に書いてもらえねえか。養子はいりませんか、ってよ」

「猫の子をもらうんじゃねえや」

八五郎は唇を嚙む。

「大友さんが生きているうちに、安心させてやる手立てはねえのかよ。まったく、頼りにならねえ奴らだ」

「ふざけるねえ。そんなこたあ、てめえで考《かんげ》えろ」

八五郎は深い溜息をついた。

四

八五郎は毎日、大友平太郎を見舞った。

聖庵堂に着いた八五郎に声をかけたのは、お満だ。

「八五郎さん。ちょっと……」

お満は八五郎の半纏の袖を引っ張って、部屋に引き込んだ。

「な、なんでえ。おれを口説《くど》こうってえのか。まあ、一回くれえなら万造には黙ってってやっても……。って、そんな洒落を言ってる場合じゃねえようだな。よくねえのか、大友さんは……」

お満は頷いた。

「心の臓の音が、だいぶ弱くなってきてる。聖庵先生が言うには、いつ亡くなってもおかしくないって……。ここから丸髷長屋に帰ることはできないと思います」

八五郎はしばらく黙っていたが、離れに向かって歩き出した。

部屋に入った八五郎は、いつものように枕元で胡坐をかく。

「倫太郎さんは毎日、誠剣塾に通っているそうですぜ」

平太郎は日に日に痩《や》せていくようだ。

「こんなところに来るくらいなら、剣術の稽古に励《はげ》めと言ってあります」

平太郎は気丈《きじょう》に振る舞うが、その声は弱々しい。八五郎の耳には、お満の言葉がよみがえる。

《ここから丸髷長屋に帰ることはできないと思います》

八五郎は世の非情《ひじょう》を恨《うら》んだ。もし、自分が同じ立場だったら、十歳のお糸《いと》にどんな思いを残すであろうか。目頭《めがしら》が熱くなってきたが、八五郎は笑顔を作った。

「大友さん。はっきり言いますぜ。大友さんが死んじまった後のことです。鉄斎の旦那が黒石藩で剣術指南役をやってたことは話しやしたよね。その黒石藩の屋《や》敷《しき》が、この近くにあるんでさあ」

「江戸の藩邸《はんてい》でござるか」

「そう。それです。そこの江戸家老《がろう》と鉄斎の旦那は昵懇《じっこん》にしてるんですが、その江戸家老が剣術道場に通ってましてね。倫太郎さんのことをひどく気に入ったそうですぜ」

「そ、それは真でござるか」

「ええ。あっしも、倫太郎さんのことは鉄斎の旦那に頼んでおいたんで。鉄斎の旦那も倫太郎さんのことを褒めてましたぜ。剣の覚えも早《はえ》えし、たくさんの書物を読んでる。大友さんの教えだろう。あんな奇抜《きばつ》な子は珍しいって」

「奇抜と言われましたか」

「いや、奇抜じゃねえな。り、り……」

「利発、でござるか」

「そ、そう。その、利発でえ。黒石藩でも、跡取りのいねえ野郎、いや、奴……、いや、お武家さんはいるらしく、倫太郎さんを養子にほしいって名乗り出てくる者は必ずいるだろうってことです」

平太郎の表情《かお》は明るくなった。

「そ、それが真であるなら、拙者は安心して死ぬことができます」

「安心してくだせえ。鉄斎の旦那も太鼓判《たいこばん》を押してましたぜ。倫太郎さんなら間《ま》違《ちげ》えねえと。もう、二、三、養子の話も出てるそうでさあ」

平太郎は涙を流した。

「昨日、島田鉄斎殿が見舞いに来てくれました。島田殿のことは倫太郎からも毎日のように聞かされています。噂《うわさ》にたがわぬ人物と拝察いたしました。その島田殿にお認めいただけたことが、何より嬉しいです」

八五郎は、平太郎に気づかれないように、小さな溜息をついた。

酒場三祐で万造、松吉、鉄斎が呑んでいると、暖簾を潜《くぐ》るようにして入ってきたのは、お満だ。

「ちょっと、いいかしら」

万造はすぐに、お満の席を作る。

「浮かねえ表情《かお》じゃねえか。酒でも呑むかい」

お満は頷いた。お栄が投げた猪口《ちょこ》を松吉が受け取り、万造が酒を注ぐ。鉄斎は感心する。

「相変わらず見事なものだ……。お満さん。大友さんの具合がよくないのかな」

お満は酒に口をつけた。

「今日、明日ってことはないと思いますが、かなり悪いです」

万造と松吉は溜息をついた。

「今日、八五郎さんが、お見舞いに来てくれてね。八五郎さんが帰った後、大友さんの様子を見に行ったんです」

お満は猪口を置いた。

お満は、大友平太郎の脈をとる。平太郎は天井を見つめたまま――。

「八五郎殿はいい人ですね」

お満は平太郎の手を布団の中に戻した。

「どうしたんですか、いきなり」

「嘘《うそ》をつくのが下手《へた》だからです」

「真《ま》っ直《す》ぐな人ですからねえ、八五郎さんは。それで、どんな嘘をついたのかしら」

「島田鉄斎殿と黒石藩の江戸家老が昵懇で、倫太郎のことを気に入ってくれたと。それどころか、すでに、養子の声もかかり始めているそうです。そんな出来すぎた話があると思いますか。それに、その話をするとき、八五郎殿は、一度も拙者の目を見ませんでしたから」

平太郎は微笑《ほほえ》んだ。

「大友さんは、嘘をつかれて嬉しいのですか」

「もちろんです。拙者はその話を聞いたときに、泣いてしまいました。八五郎殿は、拙者が倫太郎のことで安堵《あんど》して泣いたと思っているかもしれませんが、そうではは、ありません。八五郎殿の嘘が、嬉しかったからです。拙者が、あ、安心して旅立てるように、と、嘘をつくことが大嫌いな江戸っ子が、忸怩《じくじ》たる思いで、嘘をついてくれたのですから」

平太郎は途切れるような声で、そう言った。

猪口の酒を一気に呑んだお満の目から涙が溢《あふ》れ出す。万造は驚いて——。

「ど、どうしたんでえ」

お満は万造を見つめた。

「ねえ。泣いてもいいでしょう。私は……、私は医者なの。聖庵堂で泣くことなんかできないんだから。これから死ぬっていう人の前で泣くことなんか、できないんだから」

お満は手拭いを顔にあてて号泣《ごうきゅう》する。

「ど、どうしてなんだろう。な、涙が止まらないよ。大友さんのことを思うと悲しくて……。残された倫太郎さんのことを思うとかわいそうで……。嘘をついた八五郎さんのことを思うと切なくて……」

お満は背中を震《ふる》わせる。

「く、悔しい。大友さんを助けられない自分が情けない。医者なのに……。情けないよ。悔しい。悔しいよ。涙が止まらないよ……」

万造は、お満の肩を優しく抱き寄せた。

「医者ってえのも辛《つれ》え商売《しょうべえ》だなあ。気が済むまで泣きゃあいいさ。ここにいるのは、お満先生と一緒になって泣いてくれる連中ばかりでえ。お満先生の心の痛みを分け合ってくれる連中ばかりでえ。だから、泣けばいい」

松吉は鼻を啜《すす》った。

「おけら長屋の連中はそうやって生きてきたんでえ。本気で怒ったり、泣いたりしてよ。それを本気で受け止めてくれる仲間がいるからでえ。それが絆《きずな》ってもんじゃねえのかよ」

お栄の目も真っ赤だ。

「そうだよ。医者だって、あたしたちと同じ血が流れてるんだよ。だから泣きなよ。思いっきり泣きなよ。そうやって泣いてくれるお満先生のことが、みんな大好きなんだから」

鉄斎はしみじみと酒を呑んだ。

「みんなの言う通りだな」

お満が落ち着くには、しばらくの時間《とき》がかかった。

松吉は酒を呑みほす。

「しかし、八五郎さんも余計なことを言ってくれたもんだぜ。なあ、万ちゃん」

「ああ。だが、八五郎さんの気持ちもわかるってもんでえ。このまま、大友さんを死なすのは何とも忍びねえ。心残りをひとつでもなくして旅立たせてやるのが情けってもんだろうよ」

「それが嘘でもかよ」

「仕方ねえさ。だがよ、大友さんは、八五郎さんの嘘を見抜いてたんだろう」

万造はお満に酒を注ぐ。

「どうすりゃいいんでえ。このまま大友さんを見送っちまっていいのかよ」

お満はゆっくりと酒を呑んだ。

「だ、だからね……。私……、大友さんに言っちゃったのよ」

一同はお満の言葉を待った。

「八五郎さんは嘘なんかついてない。江戸っ子をみくびってもらっちゃ困ります、って」

一同はひっくり返った。


大友平太郎の枕元で胡坐をかく八五郎は、白々《しらじら》しい笑顔を作る。そんな芝居《しばい》が苦手なのは自分でもよくわかっている。だが、どうしようもない。平太郎の頬《ほお》はこけ、息遣いも弱まっている。死期が近づいているのだろう。

「は、八五郎殿。いろいろと、世話になり申した。そろそろ、お迎えが来そうです。江戸に出てきてから、よ、よいことは、何ひとつ、ありませんでしたが、八五郎殿とお会いできたのが、唯一の救いでした」

「弱気になっちゃいけませんぜ。もうひと踏ん張りしましょうや」

平太郎の表情《かお》が少し緩んだ。

「そう、そう。思いを残すことが、ありまして、ね。あの煎餅、食べておけば、よ、よかった、と……」

「あっしが届けた煎餅は食べなかったんですかい」

平太郎は小さな声で笑った。

「八五郎殿に、せ、煎餅を三箱、お返ししたでしょう。金子がなく、二箱を買い求め、八五郎殿からいただいたひと箱と一緒に、お返ししたのです」

「そうだったんですかい」

「このところ、よく、あの煎餅のことを、思い出します。どんな味が、したのだろうと」

「それじゃ、明日にでも買ってきやしょう」

襖が開いた。顔を覗かせたのはお満だ。

「お客さんです。八五郎さんはそのままで。よーく、知っている人ですから」

お満と一緒に入ってきたのは、島田鉄斎だ。平太郎が起きようとするのを、お満が止めた。

「島田殿。り、倫太郎が、お世話になって、おります」

鉄斎はお満を手助けするようにして、平太郎を寝かせた。

「今日は、大友殿に挨拶をしたいという方をお連れしました」

部屋に入ってきたのは、見るからに身分の高そうな武家だ。その武家は布団から少し離れたところに座った。

「こちらは、黒石藩江戸家老の工藤惣二郎《くどうそうじろう》殿です」

工藤惣二郎は膝に手を置いて頭を下げた。

「黒石藩江戸家老、工藤惣二郎でござる」

平太郎は布団を払って起きようとするが、またしても、お満に止められる。

「お、大友平太郎で、ござる。このような、恰好で……」

「いやいや。どうかそのままで。手短《てみじか》にお話をさせていただく。島田鉄斎殿から、貴殿の嫡男、倫太郎殿のことを伺い申した。じつに利発な子でござるな。倫太郎殿を当藩でお預かりし、しかるべきときがきたら、武家として身が立つようにしたいと思うが、異存はござらぬか」

「そ、それは、真でございますか」

「真も何も、こちらがお願いしておるのだ。倫太郎殿には、黒石藩のために働いていただく所存でござる。まだ、先の話でござるがな」

平太郎の目からは涙が溢れ出す。

「ありがとうございます。何と、お礼を申し上げれば、よいのか……」

惣二郎は軽く咳払《せきばら》いをする。

「礼なら、島田殿に申すがよい。すべては島田殿の計《はか》らいじゃ」

鉄斎も軽く咳払いをする。

「いやいや。礼なら八五郎さんに言ってください。八五郎さんが、倫太郎の行く末を案じて奔走《ほんそう》してくれたおかげです。ねえ、八五郎さん」

「えっ……」

こんなことになるとは夢にも思わなかった八五郎は、おろおろするばかりだ。

「で、ですから、あっしは……」

お満は八五郎を見て小さく頷いた。平太郎は息を整える。

「八五郎殿。許してくだされ。拙者は八五郎殿の話を、嘘だと、思って、おりました。せ、拙者を、安心して、あの世にいかせようという、優しい嘘だ、と。本来であれば、腹を切ってお詫《わ》びするところでござるが、余命《よめい》、い、幾《いく》ばくもないこの身ゆえ、ご容赦《ようしゃ》、いただきたい」

その夜、平太郎は、倫太郎に看取《みと》られながら息を引き取った。


平太郎は長桂寺に埋葬された。

八五郎は線香《せんこう》を立てて、その場に座り込む。

「倫太郎さんは昨日、黒石藩藩邸の長屋に移りやしたよ。心配《しんぺえ》ねえです。田村真《たむらしん》之介《のすけ》って遊び相手もいやすから」

八五郎は墓標《はかじるし》を眺《なが》める。

「大友さんのご推察通り、あっしは嘘をついておりやした。ねえ、大友さん。あっしがこんな話をしたの覚えてやすかい。あっしには、あっしが先走っても何とかしてくれる仲間がいる。みんながいれば何とかなる。それが長屋の暮らしってもんだって。どうです。その通りになったでしょう」

線香の煙が、八五郎の顔に流れてくる。

「泣いてるんじゃねえですよ。線香の煙が目に入《へえ》っただけでさあ。そうそう、持ってきやしたよ。ここに置いときやすから、後でゆっくり食べてくだせえ。へへへ。この勝負、あっしの勝ちですぜ。大友さん……」

八五郎は懐から出した一枚の煎餅を、そっと墓前に供《そな》えた。

本所おけら長屋（十九）　その四

はりかえ

一

松井町《まついちょう》にある酒場《さかば》三祐《さんゆう》は汚い居酒屋《いざかや》で、女が一人で入れるような店ではない。その三祐に、女の一人客が顔を見せるようになった。常連客の中に、様子のよい独《ひと》り者の男が多いからか……。もちろん、そんなことはない。断じてない。

この日も、暖簾《のれん》を出して間もなく、若い町人の娘が一人でやってきた。店のお栄《えい》は顔をしかめながらも――。

「いらっしゃい。どこでも好きなところに座っていいのよ」

娘は、樽《たる》に腰かけた。

「あ、あのう……。私……、お酒は呑《の》めないんですけど……」

お栄は溜息《ためいき》をつく。

「そんなの、見ればわかるよ。あたしに話があるなら、さっさと言ってちょうだい。お代はいらないから」

「い、いえ。それでは、ご迷惑がかかりますから、お茶と、何かお料理を……」

「お茶なんかないわよ、お酒ならあるけど……。お料理って、うちにはメザシと大根の糠漬《ぬかづけ》しかないのよねえ。若い娘がメザシを齧《かじ》るっていうわけにもいかないでしょう。そんな気は遣《つか》わなくていいから、早く話してよ」

娘は意を決したように背筋《せすじ》を伸ばした。

「私はお店《たな》の娘なんですけど、出入りの大工《だいく》のことを好きになってしまって……。おとっつぁんに言ったら反対されるに決まってるし。おとっつぁんや、おっかさんを悲しませることはしたくないし……。私はどうすればよいのでしょうか」

「やめとくんだね」

お栄の呆気《あっけ》ない一言に、娘はたじろぐ。

「本当にその男《ひと》のことが好きなら、駆け落ちでも何でもすればいいでしょう。こんなところに相談なんかしに来ないよ。つまり、そこまで好きではないってことだよ。反対を押し切って、その男と一緒になったところで、あんたはずっと後悔し続ける。両親《ふたおや》を悲しませたことをね。だったら、やめといた方がいいと思うよ」

しばらくすると、娘の表情《かお》は陽《ひ》が射したように明るくなる。

「そ、そうですよね。うん。そうだよ。私もそう思います。何だか、すっきりしました。ありがとうございます」

娘は立ち上がると、深々と頭を下げて店から出ていった。厨《くりや》から顔を覗《のぞ》かせたのは、主《あるじ》の晋助《しんすけ》だ。

「なんでえ。また、色恋の相談か」

お栄は厨に入ると、何もなかったように仕込みを続ける。

「まったく、なんでこんなことに……」

「商売替《しょうべえげ》えをして、占い師にでもなった方がいいんじゃねえのか。繁盛《はんじょう》するぜ」

お栄は包丁の手を早めた。

ふた月ほど前のこと——。

買い出しの帰りに、二ツ目之橋《にめのはし》を通りかかったお栄は、橋の上から水面《みなも》を眺《なが》める娘に目をやった。

「あれ、お奈緒《なお》ちゃんじゃないの」

近くの長屋に住む飴《あめ》売りの娘、お奈緒だ。歳《とし》はお栄よりも二つ下で、親しい間柄ではないが、幼いころから顔見知りだ。お奈緒は、振り向いてお栄のことを見たが、また水面に目を戻した。いつもは明るく挨拶《あいさつ》をする娘《こ》なので、気になった
お栄は、お奈緒の隣に立って、足下《あしもと》に買い物籠《かご》を置いた。

「大根は重いねえ。そりゃそうだよね。おろしたら水みたいなもんだから」

お奈緒は水面を見つめたままだ。

「どうしたの。お奈緒ちゃんの歳で、水面を眺める風流があるとも思えないけど
……」

「お栄さん。あたし、好きな男《ひと》がいるんです」

「へえ～。そうなんだ」

「でも、その男には好きな女《ひと》がいるんです」

「まあ、世の中、そんなもんだよね」

「でも、あたしの方が、あの男を幸せにできると思うんです」

「だれでもそう思うんだよ。向こうの女もそう思ってるから」

「そんなひどい言い方をしなくても……」

「だって、本当のことだから。お奈緒ちゃんの思い通りになれば、今度は向こうの女が悲しい思いをする。お天道様《てんとさま》から見れば同じことだよ。だれかが悲しい思いをするんだから」

「そうかもしれないけど……」

「男と女なんて、縁と潮合《しおあ》いだよ。お奈緒ちゃんは器量《きりよう》よしだから、心配することはないよ。必ず、みんなが羨《うらや》むような相手が現れる。だから、その男のことは忘れちゃいなよ。縁がなかったんだよ。横恋慕《よこれんぼ》をすると、縁結びの神様に見放されるよ。まあ、この大根でも齧って元気を出しなよ」

お栄は、お奈緒に一番小さな大根を手渡すと、籠を持って歩き出した。

翌日、お奈緒はお栄に会いに来た。お奈緒の表情《かお》はすっきりしている。

「あの大根を齧ってたら涙が出てきて……。悲しかったからか、大根が辛《から》かったからかはわからないけど」

お栄は微笑《ほほえ》んだ。

「きっと、大根が辛かったからだと思うよ」

お奈緒も微笑む。

「あの晩、布団《ふとん》に入ってから考えたんだけど、何もかもがお栄さんの言う通りだなあって。あんなに悩んでいたのが、何だか馬鹿《ばか》馬鹿しくなっちゃって。ありがとう。お栄さんのおかげです」

お奈緒は、そのことをあちこちで言いふらしたようで、それを聞いたお奈緒の友だちが、お栄のところにやってきた。色恋の悩みを相談するためだ。年ごろの娘は、だれかに悩みを聞いてもらいたいものだ。慰めてもらうと、余計に落ち込んだりするものだが、お栄の歯に衣《きぬ》を着せぬ、真《ま》っ直《す》ぐな答えは、その娘の心を捉《とら》えた。そんな、お栄の噂《うわさ》を聞きつけたのか、娘たちが三祐にやってくるようになったのだ。

おけら長屋の松吉《まつきち》宅で万造《まんぞう》と松吉が呑んでいると、顔を見せたのは松吉の義《あ》姉《ね》、お律《りつ》だ。

「お、お律義姉《ねえ》ちゃん。珍しいじゃねえか。まあ、上がってくんなよ」

いつも穏やかな表情《かお》をしているお律だが、今日はなんとなく違って見える。

「ちょっと松吉《まつきつ》ちゃんに話があってねえ」

察しのいい万造は立ち上がろうとする。

「それじゃ、おれはこのへんで……」

「万造さんにも聞いてほしい話なんです。どうか座ってください」

お律のはっきりとした口調に圧《お》されたのか、万造は腰を下ろした。松吉もいつもと違うお律に戸惑《とまど》っている。

「ど、どうしたんでえ。お律義姉ちゃんよ」

お律は座敷《ざしき》に上がって座ると、部屋の中を見回す。

「相変わらず汚いねえ。四隅《よすみ》には埃《ほこり》が渦巻《うずま》いてるし、敷《し》きっぱなしの床《とこ》は湿《しめ》ってるんだろ」

松吉は笑い飛ばす。

「わはは。男やもめに蛆《うじ》が湧《わ》くってえからな。住み慣れてみると、なかなか乙《おつ》なもんだぜ。それで、話ってえのは何でえ」

お律は少しの間《ま》をおいてから――。

「お栄ちゃんのことだよ」

「いきなり何を言い出すんでえ。しかも、万ちゃんの前《めえ》でよ」

お律は心持ち、万造の方を向いた。

「本所界隈《ほんじょかいわい》で、おけら長屋の〝万松《まんまつ》〟と言えば知らない人はいねえそうですね。あまり、よくないことで知られているそうだけど」

万造は笑う。

「それは初耳《はつみみ》だなあ。なあ、松ちゃん」

お律は万造の言葉を聞き流す。

「万松は二人で一人とも言われてるって。そんな万造さんが、松吉ちゃんとお栄ちゃんの仲を知らないってことはありませんよね」

「ま、まあ……」

万造は返答に詰まる。

「あたしは松吉ちゃんと万造さんのことを、とやかく言う気はねえです。あんたたちが今の暮らしで面白おかしく暮らしていけるなら、それもいいでしょう。でも、お栄ちゃんはどうなんだい。あたしは、お栄ちゃんのことを考えて言ってるんだよ」

万造と松吉は何も返答できない。

「あたしが、万造さんにも聞いてほしいって言ったのはね……」

お律は、万造にではなく、松吉に向かって――。

「松吉ちゃん。あんた、万造さんのことを気にしてるんじゃねえの。万松って呼ばれる二人だもんね。自分だけが所帯《しょたい》を持つってことで、万造さんを裏切るような気がしてるんじゃねえのかい」

お律は万造の方を向いた。

「万造さん。そんなはずはありませんよね。そんなことで、松吉ちゃんが万造さんを裏切ったなんて思うことはありませんよね」

万造は笑った。

「当たり前《めえ》じゃねえですか。そんなことを気にするわけがねえでしょう」

松吉は茶碗酒《ちゃわんざけ》をあおった。

「お律義姉ちゃん。ちょいと待ってくれや。おれはまだ、お栄ちゃんのことを万ちゃんに話してねえんだ。それに、お栄ちゃんだって慌《あわ》てることはねえって言ってくれてるんだからよ」

お律は平然としている。

「そんなことは話さなくったって、お見通しだと思うよ。万造さんが、あたしが思っているような人ならね。ねえ、万造さん」

万造も同じだ。お満《まん》とのこと、お満を思う気持ちなど、松吉には何も話していない。照れ臭《くさ》いのではない。なぜか、言わなくてもよいと思えてしまうからだ。

「とにかく、松吉ちゃん。お栄ちゃんのことをちゃんと考えておくれよ。いいね」

万造はニヤニヤしている。

「なんでえ、万ちゃん」

「松ちゃんも、ついに年貢《ねんぐ》の納めどきってことかい。お律さんの言う通りでえ。おれのことは気にしなくてもいいんだぜ」

「万造さんにそう言ってもらえると、あたしも気が楽になります。松吉ちゃんの尻を叩《たた》いてくださいね」

お律はそう言うと、万造に向かって深々と頭を下げた。

お律が出ていってからしばらくして、松吉は万造の湯飲み茶碗に酒を注《つ》いだ。

「すまねえな、万ちゃん。いろいろと気を遣わしちまってよ」

万造はその酒を呑むと、松吉の湯飲み茶碗に酒を注ぎ返した。

「あれは、松ちゃんが印旛《いんば》の実家の姉さんたちと揉《も》めたときだったなあ。おれがト書《がき》を書いた猿芝居《さるしべえ》の役者を、お栄ちゃんに頼んだだろ。松ちゃんとお栄ちゃんが所帯《しょてえ》を持ってよ。二人がくっついちまったのは、あのときじゃねえのか。嘘《うそ》から出た実《まこと》ってやつでよ」

松吉はそのときのことを思い出したようで、はにかむようにして酒を呑んだ。

「まあ、そんなとこでえ」

万造は真顔《まがお》になった。

「それなのに、どうしてお栄ちゃんと所帯を持たねえんでえ。まさか、お律さんが言うように、おれへの乙な気遣《きづけ》えじゃあるめえ」

松吉は笑った。

「まあ、それも少しはあるけどよ」

今度は松吉が真顔になった。

「これから話すことは、お栄ちゃんには黙っていてくれや」

万造は黙って酒を呑みほす。「わかった」という仕種《しぐさ》だ。

「万ちゃん。お栄ちゃんの生《お》い立ちを知ってるか」

「いや、知らねえ。風の噂に聞いたところによると、両親《ふたおや》は幼《おさね》えころに死んじまって、おっかさんの兄、つまり晋助の親爺《おやじ》がやってる三祐の二階《にけえ》に住み込んで働くようになった。確か、六年前《めえ》のことで、お栄ちゃんが十四のときの話だって……」

松吉は万造に酒を注ぐ。

「そこまで知ってりゃ、上出来でえ。確かに、おとっつぁんは、お栄ちゃんが五歳のころに死んじまったそうだが、おっかさんは生きてるんでえ」

「そうなのか……」

「ああ。お栄ちゃんの父親は、借金を残して死んじまったそうだ。たいした額じゃなかったそうだがな。暮らしに困ったお栄ちゃんの母親、お登美《とみ》さんはある旦《だん》那《な》の妾になった。細けえ経緯《いきさつ》は知らねえがな。なんでも、富岡八幡宮《とみおかはちまんぐう》の門前にある花房屋《はなぶさや》って提灯《ちょうちん》屋の主だそうだ。まあ、妾に毎月お手当《てあて》を払えるくれえだから、そこそこの店なんだろうよ」

「なるほどねえ」

「お栄ちゃんが七歳のときに、お登美さんは、その旦那の子を産んだ。男の子で庄吉《しょうきち》って名だそうでえ」

　万造は塩豆《しおまめ》を口に放り込んだ。

「へえ〜。お栄ちゃんには種違《たねちげ》えの弟がいたってことかい」

「お栄ちゃんが、十四、五のときだが、花房屋の主、直次郎《なおじろう》のお内儀《ないぎ》が病《やまい》で亡くなった。直次郎とお内儀には子供がいなかった。そこで、お登美さんと庄吉は花房屋に呼ばれた……」

「妾から本妻に格上げってやつか」

　松吉も塩豆を口に放り込んだ。

「だが、お栄ちゃんはどうする。花房屋の旦那にすりゃ、ほしいのは跡取《あとと》り息子だけでえ。お栄ちゃんは厄介者《やっけえもん》だ」

万造が口を開くと、松吉はその中に塩豆を投げ込む。

「だけどよ、お栄ちゃんは多感な年ごろでえ。そんな野郎《やろう》の世話にはなりたかねえだろう。どんなに貧乏だって、親子三人で暮らしたかったはずでえ」

松吉は頷《うなず》いた。

「お登美さんはお栄ちゃんに、一緒に花房屋に行こうと言ったそうだが、お栄ちゃんは舞い上がっている母親を許せなかったんだろうよ。上辺《うわべ》では何とでも言えるが、心の底じゃ、娘のことなんて何も考えてねえってな」

万造は松吉に酒を注いだ。

「わかるぜ。お栄ちゃんの気持ちはよ。年ごろの娘なら、なおさらでえ」

「お栄ちゃんは、家を飛び出して、三祐に転がり込んだ。酒場三祐の晋助は、お登美さんの兄貴だ。そのころの晋助は女房《にょうぼう》に先立たれて、仲違《なかたが》えした倅《せがれ》の源助《げんすけ》は家を飛び出しちまってた。晋助にとっても、お栄ちゃんにとっても渡りに船ってやつで、お栄ちゃんは三祐に住み込みで働くことになったんでえ」

万造はしみじみと酒を呑んだ。

「そんなことがあったのか……。それから、お栄ちゃんと、おっかさんはどうなったんでえ。仲違えしたままか」

松吉は手酌《てじゃく》で酒を注いだ。

「ああ。一度も会ったことはねえそうだ」

「富岡八幡宮といやあ、すぐそこじゃねえか。近くて遠きは母娘《おやこ》の縁ってことか。まあ、お栄ちゃんの気質《きしつ》じゃ、おっかさんを許すことはできねえだろうな」

松吉は頷いた。

「お栄ちゃんは、心のどこかで、母親に捨てられたと思ってるんだろうよ」

「無理もねえや」

「だが、お登美さんにだって女の幸せってもんがあらあ。それに、おれが思うに、お栄ちゃんは、晋助のところに行った方が幸せになれると思ったのかもしれねえ」

万造は湯飲み茶碗を叩きつけるように置いた。

「そんなこたあ、親の言い訳でえ。子供の気持ちになってみろってんでえ」

捨て子だった万造には、お栄の気持ちが痛いほどわかるのだろう。そして、そんな万造の気持ちが、よくわかるのが松吉だ。

「だけどよ。その話をおれにしてくれたときに見せた、お栄ちゃんの表情《かお》が忘れられねえ。あの、悲しそうな表情をよ。お栄ちゃんは、本当はおっかさんに会いてえと思ってるんだ。そうに決まってらあ。だが、その気持ちを心の中に閉じ込めちまったんだろう」

万造はときおり考えることがある。もし、自分を捨てた親が名乗り出てきたら……。ぶん殴《なぐ》って、恨《うら》みつらみを、これでもかと浴《あ》びせてやるつもりだ。だが、それは心の底の、またその奥にある本心なのだろうか。それは自分でもよくわからない。

松吉は酒で喉《のど》を湿らせた。

「おれは、会いに行くぜ」

「お栄ちゃんのおっかさんにか」

「ああ。富岡八幡宮なんざ目と鼻の先じゃねえか。提灯屋で花房屋って尋ねりゃ、すぐにわかるだろうよ。お栄ちゃんと所帯《しょてえ》を持つってことを、母親に話さなきゃ筋《すじ》が通らねえだろ。もちろん、白無垢《しろむく》の花嫁衣裳なんざ、着させてやることたあできねえが、花嫁姿を見せてやりてえじゃねえか」

松吉は酒を呑みほすと、目を瞑《つぶ》った。

二

富岡八幡宮の門前で花房屋を探すのは容易《たやす》かった。参道《さんどう》の中ほどの角にあり、大きな看板が出ている。店の中を覗くと、右側には大小様々な白い提灯、左側には名や家紋《かもん》が入った提灯が吊《つ》るされている。おそらくできあがった品なのだろう。だが、人の気配がしない。松吉は意を決して店の中に入った。

「ごめんくだせえ」

店の中では女が拭《ふ》き掃除《そうじ》をしていた。なんとなく、顔立ちがお栄と似ている。年恰好《としかっこう》からして、お栄の母親かもしれない。

「お登美さんって方が、こちらにいると伺ったんですが」

「あたしですけど……」

お登美は身構える。

「あのう、そちらさんは、お栄ちゃんのおっかさんですよね」

「お栄……。お、お栄に何かあったのでしょうか」

松吉は頭《かぶり》を振る。

「いいや、ピンピンしてまさあ」

お登美は安堵《あんど》したようで、肩の力を抜いた。

「あっしは、本所亀沢町《かめざわちょう》にある、おけら長屋って貧乏長屋で暮らしてる松吉ってもんです」

「松吉さん……」

「へえ。大横川《おおよこがわ》沿《ぞ》いの菊川町《きくかわちょう》にある吉高屋《よしたかや》ってシケた酒問屋《さけどんや》の奉公人《ほうこうにん》でして。この度《たび》、お栄ちゃんと所帯《しょてえ》を持つことになりやして、ご挨拶に来たような次第《しでい》で……」

「お栄と所帯を……。と、とりあえず、こんなところでは何ですから、こちらに上がってください」

小上《こあ》がりには畳《たたみ》が敷いてあり、松吉はそこに上がると腰を下ろした。

「これは、伊勢屋《いせや》の饅頭《まんじゅう》ですが、ご挨拶代わりに……」

松吉が紙包みを差し出すと、お登美は両手で受け取る。そのお登美の手を見て、松吉は驚いた。あかぎれだらけだったからだ。

「あなたがここに来ることを、お栄は知っているのでしょうか」

「いいえ。知りやせん。おっかさんが、富岡八幡宮近くの花房屋という提灯屋にいるって話は聞いてたもんですから。所帯を持つ前《めえ》に、挨拶に伺うのが筋だと思いましたんで」

お登美は頭を下げた。

「それは、ご丁寧《ていねい》に……。あの……、あたしとお栄のことは、あの子から聞いているのでしょうか」

「まあ、それとなく……」

「あの子は晋助兄さんのところにいるんですよね」

「へえ。三祐で働いてますよ。今や三祐はお栄ちゃんが切り回してまさあ」

「そうですか。あの子が所帯を……。そんな歳になったんですねえ」

お登美は感慨深そうに呟《つぶや》いた。

「死んだお栄の父親は大工でね、親方から独り立ちしてみないかって言われて張り切ってたんですよ。借金をして、うちで働くことになった若い大工たちに、新しい道具を誂《あつら》えてやったりしてねえ。そんな矢先に流行病《はやりやまい》であっけなく死んじまいました。手に職のないあたしは近くの料理屋で下働きを始めたんですが、そんな給金じゃ、お栄を育てていくことはできません。それで、知人からの話で、花房屋さんのお世話になることになったんです」

世間《せけん》ではよくある話だ。

「旦那には小さな一軒家を借りてもらいましてね。長屋に毛の生《は》えたようなもんですけど。旦那が来る日は決まってたので、そのときは晋助兄さんのところに、お栄を預けました。はじめはわかっていなかったお栄ですが、十歳《とお》を過ぎたころには気づいたみたいです。あたしと花房屋の旦那のことを……」

お栄は、そんな母親のことをどう思っていたのだろう。

「お栄を育てるために、お金が要《い》るなんて綺麗事《きれいごと》です。本当は寂しかったんでしょうね、女として。あたしは男に頼らないと生きていけない女なのかもしれません」

お登美は少し俯《うつむ》いた。

「この店《たな》のお内儀が亡くなって、旦那から『庄吉を連れて花房屋においで』と言われました。旦那の口から、お栄の名は出ませんでした。私は、お栄に言いました。一緒に花房屋に行こうと。でも、それが本心だったかというと、自分でもよくわかりません。お栄がいることで何か面倒《めんどう》なことが起こるのではと、心のどこかで思っていたのでしょう。もしかすると、そんなあたしの気持ちを、お栄に見《み》透《す》かされていたのかもしれませんね。あの子は、目に涙を溜《た》めて、飛び出していきました」

お登美は小さな溜息をついた。

「不思議ですね。こんな話、今までだれにもしたことがなかったのに、はじめて会った松吉さんには話せるなんて……。お栄のこと、末永くお願いいたします。幸せにしてやってください」

お登美は畳に額《ひたい》がつくほど、頭を下げた。

「と、とんでもねえです。あっしは、そんな立派な男じゃねえんで。楽することと、遊ぶことしか頭にねえ、お間抜け野郎なんで。お栄ちゃんを幸せにしてくださいなんて頭を下げられたら、腰が引けちまいまさあ」

お登美は笑った。

「本当にそんな人なら、自分で言いませんよ」

「お登美さん。今度、お栄ちゃんと会ってやっちゃもらえませんか」

「でも、あの子が……」

「お栄ちゃんだって、本当はおっかさんに会いてえに決まってますさあ。そのへんのところは、あっしに任せてもらいてえんで」

お登美は微笑んだ。

「なんとなくわかりました。あの子がどうして、松吉さんと所帯を持とうと思ったのか」

そのとき、店の奥から、品はよいが険《けん》のある老婆《ろうば》が出てきた。お登美の顔色が変わる。

「申し訳ありません。今日はこれで……」

老婆は松吉に目をやった。

「お客さんかい」

「え、ええ……」

老婆は、お登美を押しのけるようにして松吉の前に座った。

「何か、お入り用で……」

「ええ。ちょいと、提灯を見せてもらおうと思いやしてね」

「そうですか」

老婆は振り返って、お登美を睨《にら》みつけた。

「お登美。お前は自分の仕事をしな。お客様がお見えになったら、私を呼べと言ってあるだろう」

松吉は立ち上がった。

「また、ゆっくり来させてもらいやすから」

「そうですか。お待ちしております」

松吉が店を出ようとすると、背中から声が聞こえる。

「腹立たしいねえ。お登美。この店の嫁みたいな顔をするんじゃないよ。お前がこの店の嫁だなんて思っている者は一人もいないんだからね」

「申し訳ありません」

「お前は奉公人なんだよ。いいね。それを忘れるんじゃないよ」

店を出た松吉は、斜《なな》め向かいにある団子屋《だんごや》に立ち寄った。

「すまねえが、みたらし団子を一本だけくれや」

店頭にいた親爺《おやじ》は苦笑《にがわら》いを浮かべる。

「お客さん。大の男が団子一本なんて、しみったれたことを言っちゃいけませんや」

「なるほど。そりゃ、親爺さんの言う通りでえ。それじゃ、千本ほど包んでくれや」

「毎度あり〜。って、そんなにあるわけねえでしょう」

今の松吉にとっては、お誂え向きの男だ。

「ノリがいいじゃねえか。そのノリがいいところで、ちょいと聞きてえんだがよ」

「何でござんしょうか」

「そこの花房屋って提灯屋だが、お登美さんってえのは、旦那の嫁じゃねえのかよ」

「そうでがすよ」

「それにしちゃ、ずいぶんと扱いが悪《わり》いじゃねえか」

「お申《しん》さん……。ご老母さんのことですかい」

団子屋の鼻がひくついた。喋《しゃべ》りたくて仕方がないのだろう。

「ありゃ、旦那の母親で、お申ってえのかい」

「ええ。そうでがすよ。お客さん。花房屋に行って、姑《しゅうとめ》と嫁のやりとりを見ちまったみてえですね」

「まあ、そんなとこでえ」

団子屋は茶を淹《い》れる。

「まあ、茶でも飲んでいってくだせえ。退屈しのぎには丁度いいや。あの、お登美さんって女《ひと》の前《めえ》にも嫁さんがいたんですがね。これまたひでえいびられようで。それに輪をかけたのが、子供ができなかったことでね。役立たずだのと罵《ののし》られて、毎日《めえにち》のように、そこの路地裏《ろじうら》で泣いてましたっけ」

松吉の義姉、お律も子供ができないことで、松吉の姉二人から嫌味《いやみ》を言われていた。松吉はそのことを思い出して、やるせなくなる。

「何年くれえ前かなあ。先の嫁さんが死んだのは。病死《やみじに》だったんですがね、このあたりじゃ、みんな言ってまさあ。ありゃ、姑に殺されたんだってね。いびられ死《じに》だってね」

「花房屋の旦那は何も言わねえのかよ」

団子屋は鼻で笑う。

「直次郎さんは、気の弱《よえ》え人なんですよ。父親が早くに死んで、あのおっかさんに育てられたんでさあ。死んだ父親ってえのは養子でねえ」

「つまり、あのおっかさんは、花房屋の娘だったってことかい」

「それも、家付きの娘。ですからね、旦那だけじゃねえ。番頭《ばんとう》も、あのおっかさんには頭が上がらねえんですよ。それどこじゃねえ。言いなりってやつで」

松吉は茶を啜《すす》った。

「まあ、よくある話だがな」

「先の嫁さんが亡くなってからしばらくして、直次郎さんに妾がいることを知られてしまいやしてね」

「鬼のおっかさんにかい」

「そうでがす。妾を持ちたくなる気持ちもわかるってもんでさあ。あんな家で暮らしてりゃ、息抜きもしたくなるでしょうよ。妾がいることを知ったときは、怒り狂ったおっかさんですがね、その妾に直次郎さんの倅がいると知って、態度を変えたんで」

「跡取り息子ができたってことでかい」

「よっ。察しがようござんすねえ。そのころ、庄吉って子は、まだ、七つくれえだったんじゃねえかな。お登美さんには庄吉の面倒をみさせて、庄吉が一端《いっぱし》の大人になったら、体《てい》よく叩き出すつもりだったんでしょうよ。ですから、扱いは、嫁なんてもんじゃねえ。奉公人よりもひでえ。下女《げじょ》みてえなもんでさあ」

「そんなにこっぴでえのかい」

「へえ。ここまで怒鳴《どな》り声が聞こえてきますからね。お前なんか野垂《のた》れ死《じに》していた身なんだとか、屋根のある家で暮らせるだけありがたいと思えとかね。このあたりじゃ〝花房芝居《しべえ》小屋〟って呼ばれてまさあ。今どき、あんなものは芝居小屋にでも行かねえと見れませんからねえ」

「お登美さんは、どうして我慢してるんでえ」

「そりゃ、庄吉って子のためでしょうよ。我慢してりゃ、自分の子供が花房屋の跡取りになれるんですから。あの鬼婆《おにばばあ》だって、いつまでも生きちゃいねえでしょうからねえ」

「そいつぁ、考《かんげ》えが甘《あめ》えなあ」

「どうしてですかい」

「憎まれ子世に憚《はばか》るっていうじゃねえか。あんな婆はなかなか死なねえと、相場が決まってるんでえ」

「確かに、ありゃ、殺されても死ぬタマじゃねえや」

団子屋は、松吉の湯飲み茶碗に茶を足した。

「だけど、孫の庄吉にだけは、鬼が観音様《かんのん》みてえな面《つら》になってねえ」

「猫《ねこ》っ可愛《かわい》がりってやつか」

「その通りで。先の嫁には子供ができなかったし、妾の子とはいえ、初孫《はつまご》で、しかも跡取りですからね」

「ふーん……。それで、その跡取り息子は花房屋にいるのかい」

「一年前《めえ》から、永代橋《えいたいばし》を渡ったあたりにある店に、住み込みで修業《しゅぎょう》に行ってるみてえですよ。算盤《そろばん》や帳簿のつけかたでも習ってるんでしょうよ。まあ、ちょくちょく帰《けえ》ってきてるみてえですがね。あの子が修業に出てから、お登美さんに対する苛《いじ》めは、さらにひどくなったんでさあ」

松吉は熱い茶をゆっくりと啜った。

酒場三祐にお栄を訪ねてきたのは、お奈緒だ。お奈緒は、だれもいない店の中を見回してから酒樽《さかだる》に座った。

「お栄さん。話があるんだけど……」

お栄はうんざりした表情《かお》になる。

「お客さんが来るまでにしてよ。って、だれも来なかったらどうするのよ。で、今度はだれなの。だれのことが好きになったのよ」

お奈緒は照れ笑いを浮かべる。

「おけら長屋の万造さんと松吉さんって、この店の常連さんなんでしょう」

「常連さんというのは、お金を払ってくれるお客さんのことをいうのよねえ。で、あの二人に何かされたの？　騙《だま》されたとか、金を取られたとか、手込《てご》めにされたとか……」

お奈緒は頭《かぶり》を振る。

「ち、違います。わ、私、松吉さんのことを好きになってしまったんです……」

「ふーん……。松吉さんって、どこの松吉さんよ」

「だから、おけら長屋の……」

「おけら長屋の松吉さんのことをねえ……。な、なんだって～」

「ねえ、お栄さん。松吉さんのことはよく知ってるんでしょう。仲を取り持ってもらえないかなあ。松吉さん、今日は来ないんですか」

お栄はたじろぐ。

「きょ、今日は来ないと思うわよ。いろいろあってね、って……。ちょ、ちょっと待ってよね。な、なんで、あたしがそんなことをしなきゃならないのよ」

「だってえ、私は松吉さんと話したことがないから」

お栄は息を大きく吸って、気持ちを整える。

「どうして、話したこともない松吉さんのことを好きになったのよ」

お奈緒はうっとりとしている。

「回向院《えこういん》の前に煮売屋《にうりや》の屋台が出てるでしょう」

「おけい婆《ばあ》さんの……」

「そうそう。その屋台の近くで、職人同士の喧嘩《けんか》があったのよ。ぶつかったの、ぶつからなかったのって。そのうち取っ組み合いになってね。もう、周りは黒山のような人だかり。煮売屋のおけい婆さんたちも野次馬《やじうま》に加わってた」

「それで、松吉さんがどうしたのよ」

「私は喧嘩なんて見るの怖いから、顔を背《そむ》けてた。そしたら松吉さんが、少しずつ屋台に近づいていって、背中に手を回して四、五本の箸《はし》をつかむと、大根やら、芋やら、蒟蒻《こんにゃく》やらを器用《きよう》に刺してね。それを食べながら野次馬の輪に入ってね、『ほれ、どうした、どうした』なんて、野次を飛ばしてた」

お栄は呆《あき》れ顔になるが、お奈緒は両手で胸をおさえる。

「素敵よねえ。ああいう男《ひと》と一緒になれたら、食いっぱぐれはないわ。それに、平然と盗んだ煮物を食べられる度胸。男だよねえ。おけい婆さんたちもぜんぜん気づかなかったもん」

お栄は、さらに呆れ顔になる。

「お奈緒ちゃん。あんた、男を見る物差しが間違ってるんじゃないの」

「そんなことないですよ。恰好いいなあ、松吉さん」

「あの馬鹿。ほんとに余計なことばっかりするんだから」

お栄は独《ひと》り言《ごと》のように呟いた。

三

松吉の家で酒を吞んでいるのは、万造、松吉、島田鉄斎《しまだてつさい》の三人。そこにやってきたのは、お染《そめ》だ。

「ここで吞んでたのかい。三祐に顔を出したらだれもいないからさ。お栄ちゃんの機嫌《きげん》が悪かったよ。松吉さん。お栄ちゃんと喧嘩でもしたのかい」

万造は徳利《とくり》を持ち上げる。

「ちょうど、その話をしていたところでえ。こいつあ、都合がいいや。まあ、こっちに上がってくんなよ。一杯《いっぺえ》やろうじゃねえか」

万造はお染に猪口《ちょこ》を渡すと、酒を注いだ。

「鉄斎の旦那と、お染さんには聞いておいてほしい話だったんでえ。松ちゃん、おれから話してもいいかい」

万造は軽く咳払《せきばら》いをする。

「えー。この度、ついに松ちゃんが観念をしまして、お栄ちゃんと所帯《しょてえ》を持つことにしたそうです」

お染の表情《かお》は明るくなる。

「ほ、本当かい。おけら長屋じゃ、二人の仲は知れ渡ってたけど、本人たちから聞いたわけじゃないからね。そうかい。松吉さん、おめでとう」

鉄斎は膝《ひざ》を正した。

「おめでとう。松吉さん」

松吉は照れる。

「お律義姉ちゃんがあんまりうるせえもんでよ。所帯を持つっていっても、何にも決まっちゃいねえんで」

万造は真顔になる。

「鉄斎の旦那と、お染さんに聞かせてえのは、そんな話じゃねえんでえ。お二人さんは、お栄ちゃんの生い立ちを知ってますかい」

鉄斎とお染は黙った。

「お栄ちゃんはね……」

万造は、お栄の父親が死んで、母親のお登美が花房屋の主、直次郎の妾になったこと。お栄には直次郎とお登美の間にできた、庄吉という七つ年下の父違いの弟がいること。直次郎の女房が死に、子供がいなかったこともあり、お登美と庄吉は花房屋に引き取られ、そのことがきっかけで、お栄と母親のお登美が縁を切ってしまったことなどを話した。

お染は吸うようにして酒を呑んだ。

「へえ〜。お栄ちゃんにはそんなことがあったのかい」

万造は、お染の猪口に酒を注いだ。

「松ちゃんは、お栄ちゃんのおっかさんに会いに行ったんでえ。お栄ちゃんと所《しょ》帯《てえ》を持つってことを話しに行っただけじゃねえ。お栄ちゃんとおっかさんの仲を取り持って、お栄ちゃんの花嫁姿を見せてやりてえと思ったからだ。さすが、松ちゃん。泣かせるじゃねえか」

万造は酒をあおった。

「さてと、おれが知ってる話はここまででえ。松ちゃん。お栄ちゃんのおっかさんに会いに行った話を聞かせてもらおうじゃねえか。何かがあったような臭《にお》いがプンプンするからよ。鉄斎の旦那とお染さんにも聞いてもらった方がいいと思うぜ。構わねえだろ」

松吉は酒をひと口呑む。

「お登美さんに会いに行ったとお栄ちゃんに話したら、えらい剣幕《けんまく》でよ。余計なことをしたって」

お染は酒を噴き出しそうになる。

「ははは。それで、お栄ちゃんの機嫌が悪かったのかい。大丈夫だよ。お栄ちゃんはわかってるんだよ。心の底では、松吉さんの優しさがね」

松吉は気恥ずかしかったのか、お染の言葉には触《ふ》れずに話し出した。

「お栄ちゃんのおっかさん、お登美さんだが、ちょいと、いや、ちょいとどころじゃねえ難儀《なんぎ》をしてやがった……」

松吉は花房屋に行ったときのこと、団子屋の親爺から聞いたことを三人に話した。

お染は溜息をつきながら、首を振った。

「ひどい話だねえ。男が女を苛めるより、女が女を苛める方が歯止《はど》めが利《き》かなくなっちまうんだろうね。さっさと逃げ出しちまえばいいのにねえ」

　万造は唸《うな》る。

「だが、団子屋の親爺が言うように、庄吉って子供のことを考《かんげ》えると我慢するしかねえんだろうよ」

　鉄斎は静かに酒を呑む。

「そうかもしれないが、もっと深いものがあるような気がする。お登美さんは自分に対する戒《いまし》めだと思っているのではないかな。お栄ちゃんを置いてきた……、いや、それよりも、自分と庄吉のことを先に考えてしまった、自分の心に対する戒めだ。だから、お登美さんは、どんな仕打ちにも耐えることができるのではないだろうか」

　鉄斎の言葉を受けて、それぞれが何かを考えているようだ。

「とにかくだ」

　万造は強い口調で言った。

「そんな話を聞いちまったら、素通りはできねえな。松ちゃんとお栄ちゃんが所《しょ》帯《てえ》を持つってことはよ、つまり、お栄ちゃんは、おけら長屋の住人になるんでえ。その、お栄ちゃんのおっかさんが難儀をしてるんだぜ。知らん顔はできねえ。だが、松ちゃんは仲間に入れねえよ」

「ど、どうしてでえ」

「どうしてって、しくじったときに、松ちゃんがいたらまずいだろうよ。それこそ、お栄ちゃんから大目玉を食らうぜ」

お染は大笑いをする。

「万造さんの言う通りだねえ。だけど、あたしたちにしてみりゃ、そんな話を聞いちまったら、おけら長屋の血が騒いでくるじゃないか。お栄ちゃんのおっかさんをなんとかしてやりたい、ってね」

お染は松吉に酒を注ぎながら——。

「松吉さん。こんな貧乏長屋で暮らすあたしたちには、松吉さんとお栄ちゃんに祝儀《しゅうぎ》なんてものはあげられないけど、この思いは受け取っておくれよ。必ず、お栄ちゃんのおっかさんを、晴れやかな気分で祝言《しゅうげん》の席に呼んでみせようじゃないか」

万造も笑う。

「お染さん。そんなでけえ口を叩いちまって大丈夫《でえじょうぶ》なのかい」

「大丈夫ですよね、旦那」

鉄斎は咳《せ》き込む。

「な、なんだ。私もその中に入っているのか。まあ、仲間外《はず》れにされるよりはいいがな」

万造は手を打った。

「よし。決まった。松ちゃん。お栄ちゃんのおっかさんのことは、おれたちに任せてもらうぜ」

お染が割り込む。

「万造さん。何か策はあるのかい」

万造は腕を組む。

「その、お申とかいう鬼婆の弱点はどこにあるのかってことでえ。松ちゃんの話を聞く限りでは、庄吉っていう、お栄ちゃんの弟だな」

鉄斎は頷いた。

「私もそう思う。その鬼婆……いや、ご老母は花房屋という家付きの娘だったわけだろう。そこに養子を迎えた。だから店の暖簾に対する思いは強いはずだ。その庄吉を跡取りにしなければ、店の暖簾は守れん。だから溺愛《できあい》するのだろう。つまり、庄吉をどう使うかだろうな」

　万造は松吉に――。

「その、庄吉ってえのはいくつなんでえ」

「確か、十三、四じゃねえかな」

「そうか……。それじゃ、まだちょいと早《はえ》えかなあ……」

「どうするんでえ」

「お染さんの大人の色香《いろか》でよ、庄吉の身も心も、とろけさしちまってよ。もう、お染さんなしでは生きていけなくしちまうのよ。すると、その鬼婆が――。

『お染さん。庄吉を返してください』

　すると、お染さんが――。

『ふふふ。もうこの子はね、あたしがいなければ、我慢できない身体《からだ》になっちまったのさ』

　それできっと、鬼婆は泣き崩れるね――。

『そんなあ……。庄吉に何を仕込んだんですか。庄吉を返してください』

そこで、お染さんが――。

『ふふふ。庄吉を返してほしければ、お登美さんを嫁として大切に扱うんだ。いいね。約束を破ったら、あんたの息子、直次郎もふぬけにしちまうよ』

……とまあ」

得意げな表情《かお》をした万造は、お染に言った。

「こんなのは、どうですかい」

お染は万造の額を思いっきり引っ叩《ぱた》いた。

「い、痛《いて》えなあ」

万造は額を撫《な》でながら――。

「それじゃ、庄吉をかどわかすってえのはどうでえ。返《けえ》してほしければ、お登美さんを大切にしろと。ついでに、五十両ばかり強請《ゆす》り取ってよ」

お染は万造の額をさらに強く引っ叩く。

「い、痛えなあ。洒落《しゃれ》じゃねえかよ」

「洒落になってないから、叩《はた》いてるんだよ。何かいい手立てはないのかねえ」

鉄斎が組んでいた腕を解《と》いた。

「その、庄吉という子はどう思っているのだろうな。自分の母親が下女のような扱いを受けていることを。母親を守ろうとはしないのだろうか」

松吉は猪口を置く。

「お登美さんが、我慢をしろと言ってるんだろうよ。鬼婆が死ぬまでの我慢だ。そうすれば、庄吉は花房屋の跡取りになり、お登美さんを苛める者《もん》もいなくなる」

万造は思い出したように――。

「ところで、その庄吉ってえのは、どこで何をやってるんでえ」

「何でも、永代橋を渡ったあたりにある店に修業に出てるそうでえ。ちょくちょく帰《けえ》ってくるって話だ」

万造は腕を組んだ。

「こりゃ、ちょいと下調べがいるぜ。庄吉ってえのがどんな野郎だかよ。花房屋の周りを嗅《か》ぎ回ってみるしかねえな。みんなで富岡八幡宮にお詣《まい》りと洒落こもうじゃねえか」

万造は酒を呑みほした。

暖簾をしまおうとしているお栄に声をかけたのは、お染だ。

「おや。もうおしまいかい」

「暖簾はドろしますけど、お染さんなら。お酒があればいいんでしょう」

お栄は徳利に冷酒を入れ、小皿には味噌《みそ》を盛ってきた。

「おや。味噌を舐《な》めながら冷酒なんて乙じゃないか。店を閉めたんなら、お栄ちゃんもちょいと付き合わないかい」

お栄は猪口を持ってくると、酒を注いでもらう。

「晋助さんはどうしたんだい」

「疲れたとか言って、二階に上がっちゃった。たいしたことはやってないんですけどね」

二人は猪口を合わせた。お染は吸い取るように、お栄は舐めるようにして酒を呑む。

「お染さん。松吉さんから何か聞いたんでしょ」

「さすが、お栄ちゃん。察しがいいねえ」

「だって、こんなふうにしてお染さんが来るときには、必ず何かがあるもん」

お染は微笑むだけだ。

「松吉さんが、所帯を持とうって言ってくれました」

「やっとかい」

「そう、やっとです」

二人で吹き出した。

「聞いたよ。お栄ちゃんのおっかさんのこと。優しいねえ、松吉さんは。お栄ちゃんだって、そんなことは百も承知なんだよねえ」

お栄は小さく頷いた。

「わかってはいるんだけど……」

「それならいいんだよ。だれだって触れられたくないことに触れられたら、癪《しゃく》に障《さわ》ることはあるさ。特に好きな人にはね」

お栄は、お染の猪口に酒を注いだ。

「あたしが、おっかさんと仲違《なかたが》いをしたのは……」

お栄は話し出す。お染は松吉から経緯《いきさつ》を聞いていると思っての話だ。

「花房屋のお内儀が亡くなって、旦那さんはおっかさんを花房屋に呼んだ。もちろん、目当ては弟の庄吉です。貧しくても、あたしは親子三人で暮らしていたかった……」

「わかるよ。お栄ちゃんの気持ちは……」

「花房屋の旦那さんにはありがたいと思っています。旦那さんのおかげで親子三人が暮らしてこれたんですから。でも、私は嫌《いや》だったんです。妾の娘として、花房屋さんでお世話になるのは。十四の小娘だからそう思ったのかもしれないけど。ただ、庄吉のことを考えると……。庄吉には幸せになってほしいと思ってた。それに、庄吉は正真正銘《しょうしんしょうめい》、花房屋の息子なんだから。でも、花房屋の跡取りになることが幸せだって言い切れるんでしょうか。あたしには今でもその答えが出せない。情けないです。他人《ひと》の幸せや色恋のことには、すぐに答えられるのに、自分のこととなったら、どうしていいのかわからないんだから」

こういうとき、お染は何も語らない。ただ、黙って相手の話を聞く。

「ある日、あたしが、まだ子供の庄吉を連れて、親戚《しんせき》の家に泊まりに行き、一日早く帰ってきたことがあったんです。花房屋の旦那さんが来ているとは知らなかった。私は十四になっていたから、おっかさんと旦那さんのことには気づいていた。だから、庄吉は外で遊ばせて、私は家に入ったんです。おっかさんの声がしたから、襖《ふすま》を少し開けたら、おっかさんと旦那さんが裸で……」

　お栄は猪口の酒を呑んだ。

「それも、おとっつぁんが寝ていた布団で……。許せなかった」

「十四歳のお栄ちゃんには生々しい場面だねえ」

　お栄は俯いた。

「旦那さんは〝お栄はどうするんだ〟と言ってました。花房屋に来いという話だと思います。旦那さんは明らかに、私には来てほしくないという言い方でした」

「おっかさんは何て答えたんだい」

「何も答えませんでした。私は震《ふる》える手で襖を閉めて家から出ました。たぶん、おっかさんは気づいていたはずです。なんだか、おっかさんが遠い人のように思えた。もう、あたしのおっかさんではないような気がした」

　お染は猪口の酒をゆっくりと呑んだ。

「お栄ちゃんのおっかさん——お登美さんだって女なんだよ。あたしには、なんとなくわかるよ。あたしにもいろんなことがあったからねえ。今ならお栄ちゃんも、おっかさんの気持ち、少しはわかるんじゃないのかい」

お栄は何も答えなかった。

「この話は、松吉さんにはしてないんです。お染さんだから話せた……」

お染もその件には触れなかった。

「さてと。それじゃ本題に入るよ。松吉さんはお栄ちゃんに怒られちまったから、肝心《かんじん》な話ができなかったんだ」

お染は、松吉が花房屋で見てきたこと、団子屋から聞いてきたことを、お栄に話した。お栄は絶句する。

「お登美さんは、子供のために我慢してるんだろうが、鉄斎の旦那はこう言ったよ。お登美さんは、自分への戒めだと思っているのではないかってね。お栄ちゃんを置いてきてしまった自分を責めて、どんな仕打ちにも耐えているんじゃないかってね。あたしも、そんな気がするよ」

お栄の頬《ほお》にひと筋の涙が流れた。

「おけら長屋は動き出すことにしたよ。放っておけるわけないだろ。松吉さんはおけら長屋に住む大切な仲間だよ。その松吉さんの嫁になるお栄ちゃんのおっかさんが難儀をしてるって聞いて、黙ってるわけにはいかない。馬鹿だよねえ。お登美さんって人には会ったこともないのにさ。お節介《せっかい》の本領発揮ってやつだね」

「そんな……」

「あたしは、お栄ちゃんの許しをもらいに来たんじゃないよ。お栄ちゃんが、怒ろうが、迷惑だと思おうが、やっちまうのがおけら長屋なんでね。松吉さんは言ってた。お栄ちゃんの花嫁姿を、おっかさんに見せてやりたいって。貧乏長屋の花嫁姿をね。あたしたちは、その松吉さんの心意気に乗ったのさ。お栄ちゃんも覚悟しといておくれよ。必ず、おっかさんを連れてくるからね」

お染はそう言うと、酒を呑みほして、店から出ていった。

四

仙台堀《せんだいぼり》を南に越えたところで、おけら長屋の一行、万造、松吉、お染、鉄斎に声をかけたのは、聖庵堂《せいあんどう》のお満だ。

「珍しいですね、四人揃《そろ》って。どこかへおでかけですか」

万造は白々《しらじら》しい表情《かお》で——。

「今日は天気もいいからよ。富岡八幡宮に行って、お詣りするんでえ。大家《おおや》と相模屋《さがみや》の隠居《いんきょ》が早く死ぬように、ってよ。お満先生こそ、どうしたんでえ」

お満は手当箱を重そうに持ち上げる。

「前田屋《まえだや》の旦那さんが転んで足の骨を折ってね。これから様子を診《み》に行くところなの」

松吉は、お満が持っている手当箱を奪うように取った。

「前田屋っていえば、一色町《いっしきちょう》じゃねえか。途中までは一緒だぜ。旅は道連れ世は情けねえ、なんて言うからよ」

お満は吹き出す。

「最後が違うと思うけど。でも、松吉さんは優しいわねえ。それに比べて万造さんは気が利かないんだから」

五人は連れ立って歩き出した。お満は万造の袖《そで》を引っ張って、耳元で囁《ささや》く。

「ねえ。何があったのか教えてよ」

万造はとぼける。

「何がって、何がよ」

「この四人が、こんな刻限《こくげん》に、富岡八幡宮にお詣りだなんて、そんなまともなことをするわけがないでしょう。ねえ、何があったのよ。面白そうなことなんでしょう。私にも教えてちょうだいよ」

「べつに何もねえよ」

「嘘。何かあるわ。さっきから、お染さんも島田さんも、私と目を合わせようとしないもん」

「しつけえな。だから、何もねえって言ってるじゃねえか」

「いいわ。前田屋さんが終わったら、私も富岡八幡宮に行くから。いいわね。待っててよ。逃げたら怒るからね」

富岡橋《とみおかばし》を渡ると、お満は右に曲がる。四人は富岡八幡宮を目指して歩いた。万造は独り言のように呟く。

「なんとなく、花房屋の様子を見に行こうってことになったけどよ、一体《いってえ》どうすりゃいいんでえ」

お染は早足になる。

「だいたい、なんで松吉さんがついてくるのよ。あたしたちに任せるってことになったでしょう」

「おれだけ仲間外れってことはねえだろうよ」

「その上、お満先生まで来たら、もっと面倒臭《めんどうくさ》いことになるよ。万造さん、体《てい》よく追い返してちょうだいよ」

「そんなこたあ、おれの知ったこっちゃねえよ」

鉄斎が足を止めた。

「あそこの角が、花房屋だろう」

万造は遠くから店の中を窺《うかが》う。

「それじゃ、面が割れていねえ、おれとお染さんが客になって店に入《へえ》ってみらあ。提灯を見せてくれなんぞ言ってりゃ、見抜かれることはねえだろ。旦那は松ちゃんと、庄吉のことを聞き込んでくだせえ。そんなことをやってるうちに、いい手立てが思い浮かぶかもしれねえ」

万造とお染、松吉と鉄斎は、そこで二手《ふたて》に分かれた。万造とお染は花房屋に入る。

「ごめんくだせえ」

店の奥から悲鳴と大声が聞こえた。

「きゃ〜」

「おっかさん。おっかさん。しっかりしてください。おっかさん」

「庄吉。お前はなんてことを……」

万造は店と奥の仕切りになっている暖簾を捲《めく》って中を覗いた。廊下《ろうか》で一人の女が倒れている。それを抱き起こそうとする男。それを見守る女。そして、その横で茫然《ぼうぜん》と立ち尽くす少年の手には包丁が握られている。その包丁からは、血が滴《したた》り落ちていた。

「お染さん。松ちゃんと旦那を呼んでくれ」

駆けつけてきた松吉はその場所に走り寄る。

「ど、どうしたんでえ。お登美さん」

倒れているのは、花房屋の老母だった。お登美は松吉の顔を見て——。

「あ、あなたは……」

松吉の頭の中で、謎解《なぞと》きが始まった。そして、すぐに答えが出る。

「庄吉が、婆を刺したってことか……」

主の直次郎と思われる男が叫ぶ。

「すぐに医者に連れていかなければ。どこのどなたか存じませんが、手伝ってください。ここを出た、ちょっと先に医者がいるんです」

松吉はそれを止める。

「そいつはできねえ。おう、万ちゃん。大急ぎで、お満先生を呼んできてくれ」

万造は飛び出していく。

「あなたたちは一体、だれなんですか」

「そんなこたあ、どうだっていい。こっちが先でえ。鉄斎の旦那。血止めを頼みます」

床《ゆか》には血が流れ始めている。鉄斎は着物の上から刺されたと思われるところをおさえた。直次郎は鉄斎を払い除《の》けようとする。

「勝手なことをしないでください」

松吉は直次郎を怒鳴りつける。

「馬鹿野郎。この怪我人《けがにん》を外に運びだしたらどうなる。だれがやったかってことになるだろう。すぐに町方《まちかた》が駆けつけてくるぜ。そうしたら、庄吉はどうなる。島送り、下手《へた》をすりゃ死罪《しざい》だ。そうなってもいいのかよ。すぐに医者が来る。動かすよりも、その方が早《はえ》えし、安心だ」

しばらくすると、手当箱を持った万造が駆け込んできた。

「早くしやがれ」

息を切らせて追ってきたのはお満だ。

「はあはあ。ちょっと待ってよね。どうしてそう自分勝手なのよ。いきなり手当箱を奪い取って走り出すんだから」

万造はお満の手を取って、店の奥に入る。その場を見たお満の表情《かお》は医者へと変わる。

「お染さん。すぐにこの人の着物を脱《ぬ》がしてください」

お満は直次郎に――。

「あなたは布団を敷いて」

そして、お登美に――。

「あなたは、布切れとサラシを持ってきてちょうだい。それから、お湯を沸《わ》かして。島田さんと万造さんは、布団までこの人を運んでください」

お満は庄吉を指差す。

「ぼーっと、突っ立ってんじゃないわよ。君も手伝いなさい。包丁なんか持ってる場合じゃないでしょう」

万造が呟く。

「刺した張本人に手伝えはねえだろう」

万造は、庄吉の震える手から包丁を取り上げた。

「おめえはここに座ってろ。いいか逃げるんじゃねえぞ。そうすりゃ、おめえを罪人にしねえで済むかもしれねえからな」

お申は脇腹《わきばら》を刺されていた。お満は手当に入る。お登美は手を合わせる。

「お姑《かあ》様を助けてください。お願いします。お姑様を助けてください」

お満は万造に――。

「気が散《ち》るから、この人を連れ出してちょうだい。お染さん。布切れをください。島田さん。ここをおさえていてくれますか。あとの人は部屋から出ていってください」

四半刻《しはんとき》（三十分）後、お満は部屋から出てきた。

「脇腹を刺されているけど、臓腑《ぞうふ》には達していません。止血もしましたから、命に関わることはありません。本人は刺されたことと、血に驚いて気を失ったようです。しばらくは眠ったままですが、大丈夫です。手当箱を持ってきていてよかったわ」

直次郎は安堵の息を吐き、お登美はその場に座り込んだ。松吉はお満に頭を下げる。

「お満先生、ありがとうよ。それから……」

お満は微笑んだ。

「このことは内密にしてくれって言うんでしょう。この貸しは大きいわよ。そうでしょう。万造さん」

万造は外方《そっぽ》を向く。

「私を仲間外れにしたからこんなことになるのよ。わかったでしょ。私の大切さが」

「うるせえや。恩を売りやがって、野暮《やぼ》な女だぜ」

「野暮とは何よ、野暮とは」

「野暮だから、野暮だって言ってるんじゃねえか」

「そんなことを言うなら、この人のサラシを解いて、もう一度、傷口を広げるからね」

直次郎はお満に両手をつく。

「それは勘弁してください」

「す、すいません。洒落ですから」

直次郎は恐る恐る尋ねる。

「あの〜、あなた方は一体、どちら様で……」

万造は返答に困る。

「どちら様って訊《き》かれてもねえ……。なんて答えりゃいいのか。ねえ、お染さん」

「通りすがりの者ですっていうのも、おかしな話だし。ねえ、旦那」

鉄斎は鼻の頭を掻《か》く。

「私に振るのはやめてほしい。気の利いたことが言えんからなあ」

お登美が松吉を手で示した。

「お前さん。この人は松吉さんといって、お栄と……、ほら」

直次郎は松吉のことを見る。

「この人が、挨拶に来たという……」

松吉は直次郎に頭を下げた。

「松吉と申しやす」

お染は正座をして背筋を伸ばした。

「あたしたちは、松吉さんと同じ、亀沢町にあるおけら長屋に住む者です。そして、こちらが、海辺大工町《うみべだいくちょう》にある聖庵堂のお医者様で、お満先生です」

お染は溜息をついた。

「これは、順を追って、本当のことを話すしかなさそうだねえ」

お満は前にしゃしゃり出る。

「私も聞きたいです。これはどういうことなのですか」

一同は提灯が置かれている店に移動した。直次郎は暖簾を下ろし店を閉めた。直次郎は改めて、松吉に礼を言う。

「先程は取り乱してしまいまして。よくよく考えてみれば、松吉さんの言う通りです。危《あや》うく庄吉を罪人にしてしまうところでした」

松吉は、お登美の後ろで小さくなっている庄吉に目をやった。

「こっちの話をする前《めえ》にまず、そこのあんちゃんの話から片づけましょうや。お栄ちゃんの弟の庄吉だろ」

お登美は頷いた。

「どうして、こんなことになったんでえ。おめえは、てめえのやったことが、わかってるのかよ」

庄吉の震えはだいぶ治まったようだが、話すのは無理なようだ。お登美は心持ち、庄吉を隠すようにした。

「庄吉は、私がお姑様に怒鳴られているときに帰ってきたみたいなんです。そんな場面を目の当《ま》たりにしてしまって我慢できなくなったのでしょう。今日は、いつにも増してひどかったですから」

松吉は直次郎を厳しい目つきで見る。

「おめえさんは、花房屋の主、直次郎さんだな。おめえさんは、婆さんが刺されたときに助けようとしていた。つまり、すぐ近くにいたってことでえ。鬼婆、い、いや、婆さんが、あんたの女房を苛めていたことは知ってたんだろう」

直次郎は目を伏せた。

「今日に始まったことじゃねえ。あんたは、お登美さんが、あんたの母親に罵られたり、なじられたりしてるのを、見て見ぬ振りをしてきたんじゃねえのかい」

直次郎は何も答えない。

「図星ってことかい。情けねえ……」

直次郎は目を伏せたまま——。

「母は、この花房屋の家付きの娘で、私の死んだ父は養子でして。だれも、母に逆《さか》らうことはできませんでした。傲慢《ごうまん》な母に嫌気《いやけ》がさした番頭と手代《てだい》は先月、店を辞《や》めてしまう有様で……。まあ、うちの商《あきな》いは提灯を作る職人さえいれば、なんとかなりますもので、母は引き止めようともしませんでした。松吉さんの言う通り、私は情けない主です。私がしっかりしていれば、番頭や手代も出ていくことはなかったでしょうし、庄吉にもこんなことをさせずに済みました」

「その通りでえ」

　松吉は吐き捨てるように言った。

「この庄吉の方がずっと偉《えれ》えや。てめえがどうなろうが、自分のおっかさんを守ろうとしたんだからよ」

　庄吉は震える声で――。

「わ、私を奉行所《ぶぎょうしょ》に突き出してください。私が罪人になれば、おっかさんは、もうこんなところにいなくてもよくなる。お栄姉ちゃんと二人で暮らすことができる。貧乏だって、こんなところで暮らすよりは幸せになれるんだ」

　松吉は笑った。

「ところが、そうは問屋《とんや》が卸《おろ》さねえんだなあ。お栄姉ちゃんは、おれの嫁さんになるんだからよ」

　庄吉は驚く。

「お栄姉ちゃんが、こんな人と……」

「この野郎。こんな人ってえのは、ご挨拶じゃねえか」

万造、お染、お満の三人は大声で笑う。

「お栄姉ちゃんには、何度か会いに行ったことがあります」

「庄吉。そ、それは本当かい」

お登美には初耳のことらしい。

「お栄姉ちゃんがどんな暮らしをしてるか心配だったから。お栄姉ちゃんは、晋助おじさんのところで元気にしてた。半年くらい前に会いに行ったとき、お栄姉ちゃんは別れ際《ぎわ》にこう言った。おっかさんのことは頼んだよ。おっかさんのことを守れるのは庄吉だけなんだからね、って」

お登美は目頭《めがしら》をおさえた。

「あの子がそんなことを言ったのかい……」

「だから、私はおっかさんを守ろうとしたんだ」

松吉は「この馬鹿野郎が」と吐き捨てるように言った。

「おめえが鬼婆を刺したって聞いたら、お栄姉ちゃんは泣くだろうよ。短気を起こしちゃいけねえってんだよ。おめえのおっかさんを見てみろ。さんざっぱら、鬼婆に苛められてたのによ、さっきは、『お姑《かあ》様を助けてください』って、手を合わせていたじゃねえか。なかなかできることじゃねえぞ」

お登美は頭《かぶり》を振る。

「とんでもない。庄吉を人殺しにしたくなかっただけです。どちらかと言えば、お姑様には死んでほしかったです」

万造、お染、お満の三人はずっこける。松吉は笑う。

「わははは。正直でいいや。つーことはよ。家の者《もん》たちだけじゃなく、花房屋に関わる者はみんな、あの鬼婆に手を焼いてたってことじゃねえか。それならいい機会だ。ひと芝居《しべえ》打ってみようじゃねえか」

万造は手を打った。

「そいつあいいや。ト書《がき》はおれたちが考《かんげ》えるからよ」

お満は万造の袖を引っ張る。

「ねえ。何のことだか、さっぱりわからないんだけど、面白そうじゃないの。私もひと口乗せてよね」

万造は何かを考えている。

「お満先生よ。あの鬼婆は、あとどれくれえで目が覚めるんでえ」

「さあ。一刻《いっとき》（二時間）は覚めないと思うけど……」

「なるほどねえ。まあ、しくじったら次の手を考えればいいだけだ。おう、松ちゃん。おめえは右の耳だ。おれが左の耳だ。いいな」

松吉は首を傾《かし》げる。

「なんでえ、そりゃ」

「いいから、おれの言う通りにしてくれや」

万造はニヤリとした。

五

お申は夢を見た。だれかが語り合っている。それがだれなのかはわからない。

「このお申という女のことですが……」

声は右から聞こえている。

「うむ。どうなっているのだ。そろそろ決めておかねばならんぞ」

その声は左から聞こえてくる。

「まだ、生死の境目《さかいめ》を彷徨《さまよ》っております。おそらく死ぬのではないかと……。

閻魔《えんま》様。この、お申という女が娑婆《しゃば》でどのような暮らしをしていたのか、ご覧になりますか」

「見よう」

閻魔様……。娑婆……。お申は夢の中で考える。ここはどこなのだろう。確か、私は刺されたのだ。だれに……。そ、そう、庄吉だ。あの子が私を刺すなんて。あんなに可愛がっていたのに。あの子に刺されて、私は死ぬのか……。

「こいつぁ、ひでえ……。い、いや、これはひどい。このお申という女は毎日、このようにして嫁や奉公人を苛めていたのか」

「左様でございます。閻魔様。いかがなさいますか」

「このような悪行《あくぎょう》を見逃《みのが》すわけにはいかん。地獄《じごく》に落として、たっぷりと苦しめてやるわ」

「舌《した》は抜きますか」

「抜く」

「でも、嘘はついておりませんが……」

「舌を抜くだけではない。生爪《なまづめ》を剝《は》がし、石も抱かせよう」

「それでは、火盗改《かとうあらため》の拷問《ごうもん》ではございませんか」

お申は眠りながらも自分の身体が震え出したのがわかる。

「それだけではない。磔《はりつけ》にもしよう。提灯屋だけに〝はりつける〟のだ」

「なに、うまいことをおっしゃっているのですか」

「とにかく、姿婆で嫁を苛めていたことの十倍返しだ」

お申はお登美を苛め続けたことを後悔したが、もう遅い。

「閻魔様。ちょいと、い、いや、しばらくお待ちください」

今度は頭の上の方から女の声がした。

「あなたは弁天《べんてん》様ではありませんか。こんな地獄の一丁目においでになるとは、お珍しい。相変わらず色っぽいですなあ。どうです、奥で一杯やりませんか。今夜は帰しませんぞ」

「冗談はやめてください。閻魔様、どうしてそんなに地獄に落としたがるのですか」

「娑婆で悪行を働いたのですから、その報《むく》いを受けなければなりません。これは決まり事です」

「だれにでも過《あやま》ちはあるものです。それを悔《く》い改めさせるのが、私たちの務《つと》めです」

「甘いですなあ。そんなことをしていたら、地獄から人がいなくなってしまいます」

「わかりました。このお申という女は、まだ死んだわけではありません。お申が死なずに娑婆で目を覚まし、改心したらどうしますか」

「こんな女が改心するわけがなかろう。この女は鬼だ。鬼婆だ。同じことを繰り返すだけだ。今回は助かったとしても、地獄行きは免《まぬか》れん」

「それでは、もし改心したら……」

「そのときは、弁天様に従うことにしよう。だが、もし改心しなかったときは、弁天様の身体は、この閻魔大王のものだ。よいな。い、痛《いて》え。な、殴ることはねえだろう」

お申の意識は、再び闇《やみ》に包まれた。

お申は目を覚ました。枕元に座っているのは、息子の直次郎だ。反対側の枕元には見知らぬ女が座っていた。

「おっかさん。き、気づきましたか。先生。おっかさんが……」

女はお申の脈をとり、お申の目を調べる。

「命は取り留《と》めたようです」

「そうですか。よかった……。おっかさん。私がわかりますか。直次郎ですよ。おっかさん」

お申が一番気になっているのは庄吉のことだ。

「庄吉はどこにいるんだい」

直次郎は黙る。

「庄吉はどうしていると訊いてるんだよ」

「庄吉は、お婆さんを刺したのは自分だと奉行所に名乗り出るそうだ。遠島《えんとう》や死罪になっても構わないと言っている。今、お登美が説得しているんだ。自分が庄吉の身代わりになるってね。庄吉は、おっかさんが可愛がっている跡取り息子だから、自分が身代わりになって罰《ばつ》を受けると言っているんだ」

「お登美がそんなことを……」

「おっかさん」

直次郎は落ち着いた声で言った。

「私は後悔しています。今まで、おっかさんの顔色を窺い、すべて、おっかさんの言う通りに従ってきたことを……。私がいけなかったのです。私の弱さが、お登美を苦しめ、その果てに庄吉にあんなことをさせてしまいました。花房屋の主である私が、おっかさんを恐れずに毅然《きぜん》とした態度で振る舞えば、こんなことにはならなかったのです」

直次郎は拳《こぶし》を握り締めた。

「庄吉は立派です。頼もしい男です。だって、たとえ自分がどうなろうが、お登美を守ろうとしたのですから。お登美が苛められても、奉公人が理不尽な叱責《しっせき》を浴びても、見て見ぬ振りをしてきた私は……、私は本当に情けない男です」

直次郎は拳を開いて小さな息を吐いた。

「花房屋はもう終わりです。庄吉が罪人となれば、お登美もここを出ていくでしょう。そんな噂が広がれば、花房屋はもう商いを続けていくことはできません。

ちょうどよい機会です。番頭も手代も、おっかさんからの叱責に耐えられずに辞めてしまったわけですから。とうとう、おっかさんと二人になってしまいましたね」

部屋の中は静まり返っている。

「庄吉とお登美を、ここに呼んできておくれ」

「この期《ご》に及んで、まだ、お登美を責めようというのですか」

直次郎は、お満の顔を見た。お満は小さく頷く。直次郎は部屋から出ていった。お満はお中に声をかける。

「傷は痛みませんか。私は医者をしている、満というものです」

「お満さん……」

「はい。たまたま、前を通りかかったもので、手当をさせていただきました」

「そうですか……」

襖が開き、直次郎に続いて、お登美、庄吉が入ってきた。お登美は枕元に座る。

「お、お姑様。気がつかれましたか。よかった」

お申は天井《てんじよう》を見つめたまま——。

「私は気を失ったみたいだが、お前さんの声が聞こえたのは、なんとなく覚えています。『お姑様を助けてください』と……」

「そ、それは……」

お満が口を挟《はさ》む。

「お登美さんは『お姑様を助けてください』と呪文《じゆもん》のように言い続けていましたよ。そして、手当にも手を貸してくれました。お登美さんがいなければ、あなたは助からなかったかもしれません」

襖越しに中の様子を窺っていた、万造、松吉、お染、鉄斎の四人は胸を撫で下ろす。

「機転が利くじゃねえか。女先生よ」

「ああ。上手《うめ》えもんだぜ」

「声が大きいよ。聞こえちまうじゃないか」

お申は庄吉に目をやる。

「庄吉をここへ……」

庄吉は直次郎に背中を押されて、お登美の隣に座った。

「庄吉。お祖母《ばあ》ちゃんを刺したのは、お前じゃないよ。お祖母ちゃんは自分でお腹《なか》を刺したんだ。いや、違う。自分に刺されたんだ。だから、庄吉もお登美も、奉行所に行くことはないんだよ」

「お祖母ちゃん、ごめんよ」

「何を謝ってるんだい。お前は何もしていないんだから。謝るのは……」

お申の頬を涙が伝った。

「お登美。今まで辛《つら》くあたって……。許しておくれ。私がいけなかったんだ。今度のことで、それが身に沁《し》みました。私はこの傷が治ったら、妹のところに行って一緒に暮らすことにします」

お申の妹は目黒《めぐろ》にある商家に嫁《とつ》いだが、亭主に先立たれ、小さな一軒家で独り暮らしをしている。

「直次郎。番頭さんたちも呼び戻してきなさい。これから、お前に小言《こごと》を言う者はいなくなる。この花房屋をしっかり守っておくれよ。それから……。お満さんと言いましたね」

「はい」

「今日、花房屋で起こったことは、口外しないでいただけませんか。私は自分で怪我をしてしまったんです。庄吉は何もしていないんです」

お満は微笑んだ。

「わかっていますよ。本当のことが大切だなんて思っていません。みんなが幸せになれることが、本当のことなんですから」

万造は襖越しに舌打ちをする。

「あの野郎、洒落たことを言うじゃねえか」

「惚《ほ》れ直したんじゃないのかい」

お染は肘《ひじ》で万造を突っついた。

お申は心の中で呟く。

(閻魔様。地獄に落ちるのが怖くて、こんなことを言ったのではありません。素直に言葉が出てきたのです。あなたのおかげです。ありがとうございました)

お申の表情《かお》からは、すっかり険がとれていた。

三祐で話し込んでいるのは、お栄とお染だ。

「だから、着物なんてどうだっていいですよ」

「そういうわけにはいかないよ。白無垢とはいかないまでも、お栄ちゃんの花嫁衣装は、あたしが縫《ぬ》いたいんだよ」

お栄は笑った。

「心配しなくても、お染さんが縫った花嫁衣裳は着させてもらいますから」

「どういうことだい」

「お糸《いと》ちゃんから借りることにしました」

「お糸ちゃん……。お糸ちゃんが嫁入りするときに、あたしが縫った牡丹柄《ぼたんがら》の黒《くろ》振袖《ふりそで》のことかい」

「ええ。あたしはどうしてもあの着物が着たいの。お糸ちゃんも、ぜひ着てほしいって。だから、着物のことは気にしないでください」

「そうなのかい……」

お染は素直に嬉しかった。自分が精魂《せいこん》込めて縫った着物を、お糸が着てくれ、それを、お栄が引き継いでくれる。みんなが幸せになるための、片棒《かたぼう》を担《かつ》げるような気がするからだ。

そのとき、三祐に入ってきたのは、お奈緒だ。お栄は表情《かお》を曇《くも》らせる。亀沢町界隈では、松吉とお栄が所帯を持つとの噂がめぐり始めている。当然、お奈緒の耳にも入っているはずだ。そうなるとバツが悪い。

「お栄さん。松吉さんと一緒になるんですってね」

ほらきた――。

お栄は心の中で呟く。

「ま、まあね……。べつに隠していたわけじゃないのよ。こっちから言うのもおかしな話だからさあ」

お奈緒は、どんな嫌味な言葉を返してくるのだろうか。

「おめでとう。みんなも言ってましたよ、松吉さんとお栄さんはお似合いだって」

お栄は拍子抜けした。お奈緒の言葉から嫌味は感じられない。

「ねえ、お栄さん。おけら長屋に住んでる浪人《ろうにん》さんは、島田鉄斎って言うんでしょ。素敵よねえ〜。渋くってさ〜。おまけに剣の達人だって聞いたわよ。この前、林町《はやしちょう》で見かけたのよね〜。転んだお婆さんを助け起こして、手を引いてあげてたの。もう、グッときちゃった。ねえ、お栄さん。なんとか取り持ってよ〜。この常連さんなんでしょ」

「浪人とはいえ、相手はお武家《ぶけ》さんなのよ。それに、歳が倍も違うでしょうに」

お奈緒はうっとりしている。

「古いわねえ〜。何もお嫁さんにしてほしいなんて言ってないでしょう。遊ばれても構わないし、それで捨てられても後悔はしないわ〜」

お栄は、お染に目をやる。

「そうなんだって。お染さん。どうしましょうか」

お染は不機嫌になる。

「取り持ってあげればいいじゃないの。旦那は喜ぶかもしれないしね」

お栄は、プッと吹き出した。


松吉とお栄が祝言を挙げる日がきた。祝言といっても特別なことは何もない。

ただ、酒場三祐に集まって祝いの酒を酌《く》み交《か》わすだけだ。

おけら長屋では早くも小さな騒動が持ち上がっている。八五郎《はちごろう》宅では――。

「おい、お里《さと》。仲人《なこうど》が半纏《はんてん》姿ってえのは、さすがにまずいだろうな」

「仲人って、だれが……」

「おれと、おめえに決まってるじゃねえか」

「あたしは何も聞いてないよ。お前さんが頼まれたのかい」

「頼まれるも、頼まれねえも、仲人っていえば、おれたちしかいねえだろ」

「早合点《はやがてん》はよしとくれよ」

「うるせえ。だれが何と言おうが、仲人はおれたちでえ。おめえも早く支度《したく》をしろ」

「支度ったって、着物なんざ、この古着一枚しかないよ」

八五郎は咳払いをしてから、稽古《けいこ》を始める。

「逆《さか》さ子《ご》や～。えへん……。逆さ子や～」

「お前さん。そりゃ、高砂《たかさご》や～、じゃないのかい」

「だいたい合ってりゃいいんでえ」

徳兵衛《とくべえ》宅では、徳兵衛と隠居の与兵衛《よへえ》が――。

「徳兵衛さんは、祝儀をいくら包むおつもりで」

「さあ、気持ちでよいのではありませんか」

「そんなことを言わずに教えてください。下手をすれば、万造あたりが〝しみったれ〟などと言いふらすに決まっています。読売《よみうり》に〝相模屋の隠居はたったの五十文《もん》〟などと書かれて、笑い者にされるのはまっぴらですから」

「与兵衛さん。あなた、五十文しか包まないつもりなんですか。それは笑い者にされても仕方ありませんなあ」


久蔵《きゅうぞう》宅では、久蔵とお梅《うめ》が――。

「祝言の席では、何が起こるかわからない。亀吉《かめきち》は連れていかない方がいいだろう」

「でも、お前さん。亀吉だって、おけら長屋の住人なんだから」

「お梅。亀吉にもしものことがあったらどうするつもりだ」

「お前さん。そんな大袈裟《おおげさ》な」

「お梅はまだ、あの人たちの恐ろしさがわかっていないんだよ。特に、こういうおめでたい席、決して騒動が起きてはいけない席で、とんでもない騒動が起きるんだ」

「お前さんは考えすぎだよ」

「とりあえず、祝言の席から、すぐに逃げ出せるようにしておくんだよ」


三祐の二階では、お栄の着付けが終わったところだ。お染は眩《まぶ》しそうな眼差《まなざ》しで、お栄を見つめる。

「お栄ちゃん。きれいだよ」

階段を上がる足音が聞こえて、顔を覗かせたのは松吉だ。

「松吉さん。こっちに来て、お栄ちゃんを見てごらん」

松吉はお栄の美しさに息を呑んだが、素直に言えるはずもない。

「顔が真っ白けで、だれだかわからなかったぜ」

「自分だって何よ。その紋付袴《もんつきはかま》姿は。大店《おおだな》の馬鹿息子の七五三《しちごさん》じゃあるまいし」

「店の旦那が貸してやるって言うもんだからよ。歩き辛《づれ》えったら、ありゃしねえ」

お染は松吉の袴を指差す。

「ちょっと、袴の片方に両足を突っ込んでるじゃないの」

「こ、これは、ちょいとした流行《はやり》でよ……」

「何言ってんのよ。早く脱ぎなさい」

松吉は真顔になる。

「そ、そうでえ。お客さんを待たせてあったんでえ。入《へえ》ってくだせえ」

入ってきた二人を見て、お栄は息を止めた。

「お、おっかさん。庄吉……」

お染は二人を招き入れて座らせた。

「お栄ちゃん。必ず、おっかさんを連れてくると言っただろ。それじゃ、あたしは下を手伝ってくるからね」

お染は出ていった。お栄は何を言えばいいのかわからない。

「お、おっかさん……」

それは、お登美も同じだ。

「お栄……」

松吉は微笑む。

「昔のことなんざ、どうだっていいじゃねえか。心の提灯が涙に濡《ぬ》れて剝がれちまったら、貼り替えりゃいいだけだ。そうじゃねえのかい」

「心の提灯を貼り替える……」

お栄の目から涙が溢《あふ》れ出す。

「あたしは、何とも思っちゃいないから。それどころか、おっかさんには感謝してるくらい。おっかさんと一緒に花房屋に行ってたら、松吉さんや、おけら長屋のみんなと会えなかったかもしれないもん。あたしは、独りぼっちじゃないし、寂しくなんかないんだから」

庄吉は頷いた。

「そうだね。この前、お栄姉ちゃんと会ったとき、ぜんぜん寂しそうじゃなかったよ。なんだか、とっても楽しそうだった」

お登美と庄吉は、お栄に近づく。

「お栄。しばらく見ないうちに、すっかり大人の女になって……。きれいだよ」

「なんだか、お栄姉ちゃんが、お栄姉ちゃんじゃないみたいだ」

お栄は庄吉の頭を小突《こづ》いた。

「何よ、それは……」

お登美は松吉に頭を下げてから――。

「お栄。松吉さんに出会えてよかったね。こんなに優しくて思いやりのある男《ひと》なんて、滅多《めった》にいるもんじゃない。松吉さんだけじゃない。おけら長屋のみなさんに、どれだけお世話になったことか。庄吉がこうしていられるのも、おけら長屋のみなさんのおかげですから」

松吉は口に人差し指を立てる。

「えっ。何よ。何があったの？」

松吉は立ち上がる。

「さあ。そろそろ始まるぜ。下りようじゃねえか。おっかさんも、庄吉もだ」

先頭に立った松吉だが、足がもつれて、階段から転げ落ちていった。

お栄が座敷に下りると、駆け寄ってくるのは、お梅、お糸、お満の三人だ。

「わぁ〜。お栄ちゃん。きれいだよ」

「お栄ちゃん。おめでとう」

「今日はお猪口を投げちゃだめだからね」

松吉とお栄が正面に座ると、立ち上がったのは八五郎だ。

「えー。それでは、みなさん。本日はお日柄《ひがら》もよく、松吉君とお栄さんの……」

店に入ってきたのは、栄太郎《えいたろう》だ。

「奮発《ふんぱつ》して角樽《つのだる》を買ってきたぜ。おう、万造。喧嘩はなしってことで、おれも混ぜてくれや」

「そいつぁ、すまねえな」

八五郎は続ける。

「えー。松吉君とお栄さんの馴《な》れ初《そ》めは、この三祐で……」

店に入ってきたのは、研《と》ぎ屋《や》の半次《はんじ》だ。

「松吉の祝言だってえから来てやったぜ。ところで、お奈緒ちゃんって娘は来てねえか。どうやらおれに惚れちまったらしいんでよ。嫁さんにしてやろうかと……」

「おう、半の字。てめえなんざ、煮売屋のおけい婆さんで御《お》の字でえ」

「ふざけるねえ。棺箱《かんばこ》に片足突っ込んでる婆なんぞに用はねえや」

おけい婆さんが半次に芋を投げつける。

「やい、半公《はんこう》。どれだけ婆になろうが、てめえなんかを相手にするもんかい」

「うるせえ、この婆が」

八五郎は続ける。

「えー。松吉君は、印旛の出ですが、自分を江戸《えど》っ子と偽《いつわ》っており……」

店に入ってきたのは、大工の寅吉《とらきち》だ。

「おう。松吉。ガキの作り方なら教えてやるぜ」

「よう、よう。寅吉さんよう。おめえのカカアが産んだ十一人の子は、みんな父親が違うって話じゃねえか」

「い、今、言ったのはだれでえ。出てきやがれ」

八五郎は続ける。

「えー。松吉君は……。て、てめえたち。いいかげんにしやがれ。おれが喋ってるのがわからねえのか」

万造が声を返す。

「だれかが喋ってくれって頼んだのかよ。てめえが勝手に喋ってるだけだろうが」

「うるせえ。礼儀ってもんを知らねえのか」

寅吉は栄太郎に殴りかかる。

「父親が違うって言ったのは、栄太郎、てめえか」

「い、痛《いて》え。それを言ったのは半公でえ。殴りやがったな。倍返《べえげえ》しだ」

万造は逃げようとした半次の足をつかまえた。半次が転がって突っ込んだのは、顔を真っ赤にして怒っている八五郎の足下だ。

「半次。てめえ、何をしやがる。許さねえ」

八五郎は半次を殴って、取っ組み合いになった。そこに万造も加わる。

「だいたい、てめえが頼まれてもいねえ仲人の真似事《まねごと》なんぞをやるからでえ」

八五郎が半次を組み伏せると、おけい婆さんは半次の顔に熱い大根を押しつける。

「あち、あちちち」

お染は鉄斎の袖を引く。

「旦那。どうするんですよ」

鉄斎はゆっくりと酒を呑んだ。

「こうなってしまったら、もう収まらんだろうな」

お里、お咲《さき》、お奈津《なつ》の三人は、ドサクサに紛《まぎ》れて、他の人の前にあった料理を、持ってきた重箱に詰める。明日のおかずにするためだ。

「晋助さん、今日は気合が違うねえ。この人参《にんじん》なんて、花の形に切ってあるよ」

「ちょ、ちょいと、お里さん。あたしにも一つおくれよ。……可愛い姪《めい》っ子のお祝いだもんねえ。あの人も嬉しいのさ」

人参を奪い合うお里とお咲を、横目で見ていたお奈津が——。

「お律さん、泣いてる場合じゃないよ。早くやらないと手遅れになるよ」

お律もその輪に加わった。

「お律さんも、すっかりおけら長屋の女になったねえ」

「でもなかなか要領がつかめなくて……。そういえば、辰次《たつじ》さんと佐平《さへい》さん、喜《き》四郎《しろう》さんの姿が見えませんけど」

「とっくに、酒と料理をくすねて逃げたよ」

店に天秤棒《てんびんぼう》を担いで入ってきたのは金太《きんた》だ。

「唐茄子《とうなす》〜。唐茄子〜。唐茄子はいらんかね〜。おめえはだれだ」

金太はつまずいて、徳兵衛と与兵衛の間に突っ込んだ。

「徳兵衛さん、だから祝儀は五十文でいいと言ったんだ」

久蔵は亀吉の手を握って立ち上がろうとする。

「お梅。私の言った通りだろう。逃げるんだ」

驚いたのは、お登美と庄吉だ。

「お、お栄。お、お前はこんな長屋に嫁入りするのかい」

お栄は微笑む。

「そうだよ。こんなに面白い長屋は滅多にあるもんじゃないからね」

「だって、お前たちの祝言の席だよ。滅茶苦茶じゃないか」

「おっかさん。みんなの顔を、よーく見てごらんよ」

お登美は座敷の中を見回してみる。まるでお祭りだ。そこには、見栄《みえ》も体裁も押しつけもない。

「みんなで、松吉さんとあたしのことを祝ってくれているんだよ。これが、この人たちの祝い方なんだよ。おっかさんや庄吉には、まだわからないだろうけどね」

松吉は涙ぐむ。

「おっかさん。こんなあっしですから、お栄ちゃんを幸せにしますだなんて、とても言えやしねえ。ですが、心配《しんぺえ》しねえでくだせえ。お栄ちゃんと、あっしにはこの連中がついてやすから」

お栄は呆れる。

「馬鹿ねえ。そんなことを言ったら、余計におっかさんが心配するじゃないの」

「違《ちげ》えねえや」

松吉とお栄は、涙を拭《ぬぐ》いながら笑った。

この物語はフィクションであり、実在した人物・団体などとは一切関係ございません。

本書は、書き下ろし作品です。

編集協力——武藤郁子

著者紹介

畠山健二（はたけやま　けんじ）

1957年、東京都目黒区生まれ。墨田区本所育ち。演芸の台本執筆や演出、週刊誌のコラム連載、ものかき塾での講師まで精力的に活動する。2012年、『スプラッシュ マンション』（ＰＨＰ研究所）で小説家デビュー。文庫書き下ろし時代小説『本所おけら長屋』（ＰＨＰ文芸文庫）が好評を博し、人気シリーズとなる。その他の著書に『下町のオキテ』（講談社文庫）、『下町呑んだくれグルメ道』（河出文庫）、『超入門！ 江戸を楽しむ古典落語』（ＰＨＰ文庫）、『粋と野暮 おけら的人生』（廣済堂出版）など多数。共著に、『猿と猿回し』（内外出版社）がある。

ＰＨＰ文芸文庫　本所おけら長屋（十九）

2022年10月10日　第１版第１刷

著者　畠山健二
発行者　永田貴之
発行所　株式会社ＰＨＰ研究所
東京本部　〒135-8137 江東区豊洲5-6-52
第三制作部　☎03-3520-9620（編集）
普及部　☎03-3520-9630（販売）
京都本部　〒601-8411 京都市南区西九条北ノ内町11
PHP INTERFACE　https://www.php.co.jp/
組版　朝日メディアインターナショナル株式会社
印刷所　図書印刷株式会社
製本所　東京美術紙工協業組合

ISBN978-4-569-90238-8

本所おけら長屋（一）〜（十八）

畠山健二 著

江戸は本所深川を舞台に繰り広げられる、笑いあり、涙ありの人情時代小説。古典落語テイストで人情の機微を描いた大人気シリーズ。

スプラッシュ マンション

畠山健二 著

マンション管理組合の高慢な理事長にひと泡吹かすべく立ち上がった男たち。奇想天外なその作戦の顚末やいかに。わくわく度満点の傑作。

PHP文芸文庫

鯖猫《さばねこ》長屋ふしぎ草紙（一）〜（十）

田牧大和 著

事件を解決するのは、鯖猫⁉ わけありな人たちがいっぱいの「鯖猫長屋」で、不可思議な出来事が……。大江戸謎解き人情ばなし。

PHP文芸文庫

婚活食堂1〜7

山口恵以子 著

名物おでんと絶品料理が並ぶ「めぐみ食堂」には、様々な結婚の悩みを抱えた客が訪れて……。心もお腹も満たされるハートフルシリーズ。